書院番組頭《くみがしら》

本丸 目付部屋14

藤木 桂

時代小説

二見時代小説文庫

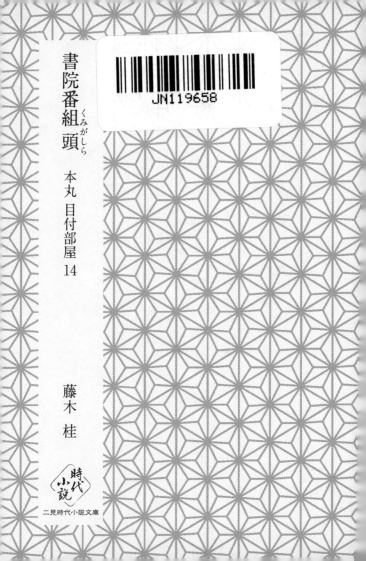

目次

書院番組頭《くみがしら》——本丸 目付部屋14

書院番組頭《くみがしら》――本丸目付部屋14・主な登場人物

妹尾《せのお》十左衛門《じゅうざえもん》久継《ひさつぐ》……十名いる目付方の筆頭を務める練達者。千石の譜代の旗本。

笙《しょう》太郎《たろう》………書院番に番入りをした十七歳の妹尾家の養子。十左衛門の妹咲江《さきえ》の三男。

桐野《きりの》仁之丞《じんのじょう》忠周《ただちか》……穏やかな性格にして頭の回転が速い、使番《つかいばん》から目付となった若者。

丸山《まるやま》楚一郎《そいちろう》昭義《あきよし》…笙太郎が番入りした書院番六組の組頭を務める旗本。

本間《ほんま》柊次郎《とうじろう》……目付方配下として働く、若く有能な徒《かち》目付。目付方で一、二を争う剣客。

加納《かのう》久仁左衛門《くにざえもん》…大番四組の組頭。

弥八《やはち》…………遊女に溺れ仕事を辞めた「染長《そめちょう》」という紺屋の職人。「与八《よはち》」を名乗る。

荻生《おぎゅう》朔之助《さくのすけ》光伴《みつとも》…目付方に就く前は将軍側近として中奥《なかおく》に上がり小納戸方を務めていた。

三谷《みたに》佑之進《すけのしん》……三谷家の妾腹の次男。分家して小納戸となって半年の若者。

寺里《てらさと》紀八郎《きはちろう》……二十年近く小人目付を続け、ようやく徒目付に上がった苦労人。

吾助《ごすけ》…………小伝馬町の牢に囚われている大川《おおかわ》の船宿「越川《こしかわ》」の船頭。

小手《こて》文左衛門《ぶんざえもん》…北町奉行所御吟味方《おぎんみがた》として囚人を取り調べる役人。

石出《いしで》帯刀《たてわき》……代々牢屋奉行を務める家を先年継いだばかりの若い奉行。

間島《まじま》稲蔵《いねぞう》……小伝馬町《こでんまちょう》の牢屋敷で「鍵役《かぎやく》」を務める牢屋同心。

曲淵《まがりぶち》甲斐守《かいのかみ》…半年前に大坂《おおさか》町奉行から移ってきた北町奉行。

第一話　書院番組頭《くみがしら》

一

明和《めいわ》七年（一七七〇）も正月の松はとうに明けて、二月も近いという時分のことである。

幕府の目付《めつけ》方で筆頭を務める妹尾《せのお》十左衛門《じゆうざえもん》久継《ひさつぐ》の家では、今年十七歳になった嫡《ちゃく》男《なん》の笙太郎《しょうたろう》が、年明けにめでたく『書院番《しょいんばん》』に番入《ばんい》りをして、日々懸命にお勤めをこなしているようだった。

番入りというのは、幕府の役職のなかでは武官にあたる『書院番』や『小姓組《こしょうぐみ》』、『大番《おおばん》』などといった番方の役職に、初任で入ることである。

笙太郎が入った『書院番』は、幕府創成期であったはるか昔に、二代将軍・秀忠《ひでただ》公がご自身の親衛部隊《しんえいぶたい》として設けられた役職である。

役高四千石の『書院番頭《がしら》』を長官として、補佐役に役高千石の『書院番組頭《くみがしら》』が一名と、その下に役高三百俵の平《ひら》の『書院番番士《ばんし》』が五十名ほどいるのだが、妹尾家の笙太郎が幕府から新任の命を受けたのは、この「番士」である。

書院番頭を長とする書院番の組は、一組から十組まであり、その一つ一つがそれぞれに配下の歩兵として、役高八十石の『書院番与力《よりき》』十名と、役高三十俵三人扶持の『書院番同心《どうしん》』二十名とを従えており、つまりは一組《ひとくみ》・総勢八十二名で一個隊となっている。

笙太郎が入組したのはこのうちの「六組」であったが、その六組の組頭を務めている「丸山楚一郎《まるやまそいちろう》」という旗本から、一月も下旬のある日、目付方の筆頭である十左衛門に宛てて、通報の体《てい》の書状が届いた。

十左衛門がその書状を受け取ったのは、ちょうど目付方の『当番《とうばん》』を務めていた日で、十名いる目付が二人一組になって担当するのだが、その日の当番の相方は、桐野《きりの》仁之丞忠周《じんのじょうただちか》であった。

書院番組頭の丸山からその書状が届いたのは、十左衛門が桐野とともに詰めていた目付部屋で、昼下がりを迎えた頃である。

「ふむ……」

十左衛門は少しく険しい顔つきで書状を読み終えると、つと、後ろにいた桐野仁之丞のほうへと向き直った。

「桐野どの。ちとこれにお目を通してくださるか？」

「はい」

受け取って読み始めた桐野もすぐに、

「いや、これは……」

と、やはり顔を曇らせた。

「またも『大番士《おおばんし》』にてございますか……」

桐野が名を挙げた『大番士』というのは、妹尾家の笙太郎が就いた『書院番士』などと同様に、旗本身分の者が初任で番入りをする番方の一つではあるのだが、『書院番士』や『小姓組番士』が役高三百俵なのに対して、『大番士』の役高は百俵少ない二百俵で、つまりは格下の役ということになる。

だがそうした「格下扱い」に、少なからず不満を抱いている大番士たちは多かった。

そも『大番』ははるかな昔、まだ神君・家康《いえやす》公が天下を取るべく戦《いくさ》を重ねていた時分に、家康公直轄の親衛部隊として編成された番方である。

　そののち二代・秀忠公や三代・家光《いえみつ》公の時代に、新たな将軍の親衛隊として『書院番』と『小姓組』とが次々に編成され、二つ合わせて「両番《りょうばん》」などと特別な呼称までがつけられると、自然、現将軍付きの親衛部隊である両番のほうに重きが置かれ、大番は幕府最古の武官であるにもかかわらず、幾分か軽んじられるようになってしまった。

　たとえば江戸城《えどじょう》内における警固勤務の担当場所も、書院番や小姓組番が本丸入口の正門や本丸御殿の屋敷内であるのに対し、大番の担当は西ノ丸や二ノ丸で、両番よりも一段落ちる形となっている。

　事実、幕府は、書院番や小姓組に番入りすることが許されている家格の旗本家を、「両番筋《すじ》」などと呼んで別格扱いにし、その両番筋には入れない旗本家とは明確に区別していた。

　そんな一種、不当に軽んじられていることへの憤懣《ふんまん》が、一部の大番士たちを、何かと荒れた気持ちに陥《おちい》らせているのかもしれない。

　大番方の番士たちには江戸城や大坂城《おおさかじょう》、京《きょう》の二条城《にじょうじょう》の警固のほかにも、「昼夜廻《まわ》り」と呼ばれる江戸市中を定期的に巡回して、防火や非常を警戒する仕事があるのだが、その巡回中に、市中の町人たちを相手に問題を起こす大番士がたまにいて、この

「丸山楚一郎」からの書状も、まさしくそうした大番士たちを通報するものだったのである。

『本日、朝五ツ刻《どき》（午前八時頃）、四谷傳馬町《よつやでんまちょう》の大通りにおきまして、市中を巡邏《じゅんら》中の大番方番士数名が、通行の町人五名に理不尽なる言いがかりをつけましたうえに、衆目環視のいたす場所《ところ》で打擲《ちょうちゃく》をいたしました次第で……』

書状によれば丸山は、自家の家臣数人とともにその打擲の現場を目撃したため、大番士たちを止めるべく、割って入ったというのだ。

「どうもこう、何と申しましょうか、『打擲』とありますだけで理由《わけ》も様子も書かれてはおりませんので、今一つ状況が判りませぬが……」

書状を見ながら首をひねっている桐野の手元を、

「さようさな……」

と、十左衛門も覗き込んだ。

「だが書状に『町人を保護した』とあるゆえ、仔細はそこ《ここ》で訊ねてみれば判るということなのかもしれぬが……」

十左衛門は言いかけて、つと改めて桐野のほうに向き直った。

「いやな。実はこの『丸山楚一郎どの』という御仁《ごじん》は、愚息《ぐそく》が直属の組頭でござってな。こちらは目付ゆえ、下手《へた》に会《お》うてお近づきになってはまずいから、倅《せがれ》が新任のご挨拶《あいさつ》は文《ふみ》にてお送りしただけで、『書院番頭《おかしら》さま』にも『組頭さま』にも会うたことはないのだが……」

目付方の調査《しらべ》は常に公平公正を期すために、もともとの自分の知己や親類縁者の調査には極力関わらないというのが、暗黙の了解となっている。

「私がまいりましょう」

何ほどもない調子でそう言うと、早くも桐野は腰を上げかけた。

「あちらも書状をご筆頭へ宛てたのは『知らぬ訳でもないから……』と、かえって気を遣われたのやもしれませぬし、よほどに何か『どうしても……』ということでございましたら、すぐにご一報をいたしますゆえ」

「かたじけない……。よろしゅう頼む」

「ははっ」

書状によれば、これを江戸城まで届けてきた丸山家の家臣が案内役として、大手門《おおてもん》の外にて目付方《こちら》を待っているらしい。

桐野は自分の供《とも》として、徒目付《かち》の本間柊次郎《ほんまとうじろう》ら数名を呼び寄せると、急ぎ大手門へと向かうのだった。

二

丸山家の家臣の案内で、桐野仁之丞は本間ら数人の配下たちとともに四谷傳馬町の町人地へと向かったが、いざ案内されたその先《さき》は、桐野たちが想像していたものとは大いに違っていた。

目付部屋に届いた書状によれば、大番士たちが町場の者らを相手に暴動を起こした場所は「四谷傳馬町の大通り」ということだったため、案内されて向かうのも、当然そこだと思い込んでいたのだが、

「どうぞ、こちらに……」

と、丸山家の家臣に連れてこられたのは、見るからに飲食に金のかかりそうな立派な店構えの料理茶屋だったのである。

おまけに通された座敷では、おそらくこれが丸山楚一郎なのであろうと見える武家の男と、その家臣らしき数人が、職人体《てい》の町人たちとともに、和気あいあいと酒食の膳を並べていたのだ。

町人は五人いるようだが、よく見れば、みな頭の髷《まげ》が崩れており、着ているものも

土がついたり、裂けたりと、汚れて縒《よ》れてひどい状態になっているから、「路上で打擲された」というのは事実なのだろう。

顔だの手だの、みないかにも殴られたという風な痣《あざ》や傷までできていて、それでも皆その怪我のまま、料理屋のご馳走《ちそう》に舌鼓を打っているようだった。

そんなあれこれを、まずは一瞬、桐野が鋭く見て取りながら座敷のなかへと入っていくと、丸山らしき武家の男は連れの家臣たちとともに、目付方《こちら》を迎えて立ち上がってきた。

「いやこれは、桐野さまでいらっしゃいましたか」

そう言って「丸山らしき」は妙な具合に、こちらに薄っすら笑いかけているようである。

だが、こちらの記憶が確かであれば、この書院番組頭とは初対面のはずだった。

「ご足労をおかけいたし、まことにもってかたじけのうござる。拙者めが書院番六組の組頭『丸山楚一郎昭義《あきよし》』にてござりまする」

「目付の桐野仁之丞にございます。不躾《ぶしつけ》ではござりまするが、もしや以前に、どちらかで？」

「いやなに、どうぞご案じくださいますな。当方《とうほう》のみが得手勝手《えてかって》に存じ上げておりますだけのこと……。御目付方の皆々さまは、ご城内でも何につけ、ご高名であられますゆえ」

「いえ……」

と、桐野は小さく首を横に振ったが、正直、この「丸山何某《なにがし》」との対話は、あまり良い気分のするものではなかった。

さっきから丸山は、やたら桐野《こちら》に愛想を振りまいているようでいながら、その言葉の端々《はしばし》には、皮肉とも、ごますりとも取れる嫌らしさが含まれているのだ。

それが故意のものなのか、はたまた元より丸山が、そうした一種、嫌味《いやみ》な風を持ち合わせているだけなのかと考えて、桐野は、はたと気がついた。

この「丸山」という書院番組頭は、こたびの書状の対応に「ご筆頭」ではなく下っ端《ぱ》の桐野《じぶん》が出てきたことに、へそを曲げているのだ。

そう気がつくと、桐野はかえって目付として、凜然《りんぜん》と言い放った。

「丸山どのがお名指しの我が目付方《ほう》の筆頭、妹尾にてございますが、なにぶん妹尾の嫡男がご貴殿の組下の番士にてございますゆえ、仕事《つとめ》に私情を許されぬ目付といたしましては、直接に担当のできるものではござりませぬ。それゆえ妹尾にも頼まれまして、私が出張ってまいりました次第で」

「なるほど、さようにございましたか……」

丸山はやけに大きくうなずいて見せてきたが、やはりそれでは気がおさまらなかったらしい。またも続けて、要《い》らぬ皮肉を付け足してきた。

「いやまこと、やはり御目付方の皆々さまは、聞きしに勝り、謹厳《きんげん》・高潔《こうけつ》にてございますなあ」

「はい。さようにご得心《とくしん》をばいただけましたら、幸いにてござりまする」

「…………」

皮肉を桐野に躱《かわ》されて、丸山は、今度ははっきりとふくれっ面になった。

その不機嫌を見て取ったか、丸山の家臣たちは、主人と目付との間でどう立ちまわればよいものかと、おろおろしているようである。

だがそんな一同には構わずに、桐野は訊問を始めることにした。

「なれば、さっそく一件《こと》の仔細をうかがいましょう。まずはそちらが、くだんの町場の者たちで……？」

そう言って桐野が目を向けたのは、丸山らと膳を並べて飲み喰いしていた職人風の五人の男たちである。

「さよう」

と、丸山はうなずくと、どうやら機嫌は直したらしく、話に身を乗り出してきた。

「あれは儂《わし》らが四谷傳馬町の扇屋《おうぎや》で、あれこれと品を見ていた時にてござったが、どうもどこかで打ち騒いでおるなと思うていたら、店の外に待たせてあった家臣が、注進《ちゅうしん》に駆け込んでまいりましてな」

「注進、でございますか？」

「さよう。『江戸城《しろ》の役人らしきが、どうしたことか、職人たちをひどく打擲しておりますが、いかがいたしましょうか？』と、そう言ってまいったのでござるよ」

丸山が駆けつけていくと、七、八人ほどの「番士」と見える武士《さむらい》が、職人らしき男たちを殴ったり、地べたに押さえつけたり、蹴ったりしていて、周囲にはすっかり人だかりもできていたため、このままでは「城の役人が乱暴狼藉《ろうぜき》を働いていた」などと悪い噂が立ってしまうに違いないと、とりあえず止めに入ったのだそうだった。

「『書院番組頭の丸山でござる』と、こちらが名乗りを入れましたら、すぐに番士《あちら》も職人らを離しましてな。『よければ、拙者が預かろう。もし何ぞ不都合のごときがあれば、こちらは書院番六組の組頭をいたしておるゆえ、ご遠慮のう、申してこられよ』と、まあ、つまりはその場を収めて、預かったという訳でござる」

その際に、番士たちの所属を訊いておいたほうがよかろうと思ったということで、彼らの所属を訊ねたところ、「ただいま昼夜廻りで市中を巡回しておりました、大番四組の番士《もの》にてござりまする」と、名乗ってきたということだった。

「なるほど……。さようにございましたか」

話の先を促そうと、あえて桐野は派手に大きくうなずいて見せた。

「して、結句《けっく》、何ゆえに大番四組の昼夜廻りは、こちらの者らを打擲いたしておりましたので？」

言いながら桐野が職人たちのほうに目をやると、さすがに気が引けたのか、男たちは、ようやくおのおの箸を置いて、居住まいを正してきた。

「よし。なれば、ちと訊ねるが、そなたらが城の役人に会うたのはいつだ？」

わざと「いつ？」と、のんきな物言いで訊ねたのには、理由《わけ》がある。

こうして路上で乱闘になったのだから、必ず何か揉め事の原因が存在するに決まっていて、それをなるだけ歪曲《わいきょく》や誇張《こちょう》のない正確な形で知りたいので、あえてのんびり、普通の出会いのように訊いてみたのだ。

すると職人たちは「誰が口を利《き》くか」を押し付け合ってか、互いにしばし顔を見合わせていたが、なかの一人が意を決したように話し始めた。

「飯屋から出てきた時でごぜえやすよ」

皆を代表して喋り出したのは、痩せぎすの背の高そうな若い男で、五人並んで座っていても、一人だけ頭二つ分くらいは飛び出している。

「飯屋？　このあたりにある飯屋か？」

「へい。ついそこにある『奈《な》か屋《や》』てえ飯屋でござんして、あっしら五人は夜なべ仕事の帰《けえ》りに奈か屋に寄って、いつもみてえに朝飯を喰いやしてね。喰い終わって出てきたら、ちょうど道っ端にいらしたお役人さん方々と、目が合っちまいやして……。そいでまあ、早い話が、『いちゃもん』をつけられたってえ話でごぜえやすよ」

五人はみな勤め先が同じだそうで、四谷傳馬町にある「彫芳《ほりよし》」という版木彫りの親方の工房で働いているという。昨日は急ぎの仕事があり、仕方なく皆で徹夜して、どうにか仕事を仕上げたそうで、その帰り、行きつけの近所の飯屋で朝飯を喰いつつ、ちょいと一杯ひっかけて、それぞれ寝床に戻ろうとしていたそうだった。

「したが、ただ飯屋から出てきただけなら、大番士《あちら》とて殴りかかっては来ぬであろう。何ぞ一言でも二言でも、互いに口を利き合ったのではないのか？」

「利いたかっていや、利きやしたがね。目が合いがてら、あちらさんが、『おまえたち、この朝っぱらから酒を飲んでおったのか？』と凄《すご》んで訊いてらしたんで、こっちも夜なべで、ちっとばか疲れておりやしたし、『夜なべ仕事の帰りでござんすよ。飯を喰って、酒飲んで、これから帰って寝やすんで』と、そんな調子で返《けえ》しやしたら、『町人のくせに生意気なッ！』てんで、こうしてやられやしたんで」

「さようか……」

たしかに、これまでも多々あった「大番士たちの醜行」を思い起こせば、いかにもありそうな話ではある。

桐野が沈思し始めていると、横手から書院番組頭の丸山が口を出してきた。

「いやな桐野どの、こうした次第にございましてな。これでは幕臣の番士がほうには、一分《いちぶ》の理《り》もござらぬゆえ、迷惑をかけたこの者らに、とりあえず一休みしてもらおうと、皆でここに参ったのでござるよ。しかして、ちとこうして図らずも、出しゃばってしもうたゆえ、大番四組の組頭どのにも申し訳のう存じましてな……」

「組頭どの？」

いきなり出てきた「組頭」というのを、どういう風に処理していいのか判らずに、桐野が一瞬、黙り込んでいると、丸山が勝手に答えて言ってきた。

「さよう。大番四組の組頭『加納久仁左衛門《かのうくにざえもん》どの』にてござるよ。市中の昼夜廻りゆえ巡回しておるのは番士らだけで、組頭の加納どのはおいでにはならんかったが、こうしていざ城まで話が流れては、やはり我ら番方の組頭としては、あれこれと面倒なことになりましょうしな……」

「………」

いささか呆れて、桐野は絶句していた。話を目付方《こちら》に流したのは、他ならぬ丸山自身ではないか。

どうもこの「丸山」という書院番組頭が読めないままに、桐野ら目付方一行は料理屋を後にしたのだった。

三

四谷の料理茶屋から江戸城へと戻ってくると、桐野はさっそく本間に命じて、丸山が名を挙げた大番四組の組頭「加納久仁左衛門」に呼び出しをかけた。

加納の組下の番士たちが江戸市中を巡回していたのだから、今日は加納組の当番の日ということで、ならば組頭である加納自身は江戸城内に残って、有事に備えているはずである。

その加納久仁左衛門を探して連れてくるよう、本間に命じた訳だが、訊問の場所として使用するのは、目付部屋からもさほどには遠くない『躑躅之間《つつじのま》』と呼ばれる大座敷であった。

室内の襖《ふすま》の全面に躑躅の絵の施された座敷なのだが、江戸城の本丸御殿内に数多《あまた》ある大座敷のなかでは、さして格式の高くない部屋で、こたびの大番組頭のような中堅どころの役付きの旗本たちに使用が許されている座敷である。

その躑躅之間に一足先に桐野が入って待機していると、ほどなく本間に導かれて、四十半ばほどかと見える筋骨隆々とした男が現れた。

「大番四組で組頭を相務めております『加納久仁左衛門匡尚《ただなお》』と申しまする。こたびのお呼び出しのあらましにつきましては、つい先ほどご配下の本間どのより、おうかがいをいたしました」

第一声、加納は桐野に向けてそう言うと、改めて畳に両手をついて、ていねいに頭を下げてきた。

「桐野さまにも御書院番の皆さまにも、よけいなお手数《てかず》をばおかけいたしまして、まことにもって申し訳もござりませぬ。ただどうも我が組下の者らの申します仔細《こと》とは、いささか喰い違いのごときがあるようにございまして」

「喰い違い、にござるか？」

「はい」

加納久仁左衛門は、しっかと桐野に視線を合わせてうなずいてきた。

「市中巡回の任に当たっておりました我が組の番士《もの》らが、四谷傳馬町の大通りにて、五人ばかりの狼藉者を打擲いたしましたのは、真実《まこと》のことにてございますが、それはその男らが大通りから横道に折れた裏手の路地で、通行人を相手に『荒稼《あらかせ》ぎ』をいたしておりましたからで……」

「あらかせぎ？」

「はい。このところ市中で時おり起こるようになりました、新手《あらて》の『追い剝《は》ぎ』にてございまする。けだし、ようある追い剝ぎと異なりますのは、白昼堂々、他者《ひと》の目のある町場でも、平気で追い剝ぎをいたしますことで」

追い剝ぎというのは周知の通り、路上などで通行人を狙って襲いかかり、金品や衣類を剝ぎ取っていく強盗のことである。

まずは幾人かで取り囲み、「金目のものはおいていけ！」とばかりに脅して、その脅しが効かぬようなら、殴ったり、蹴ったり、刃物を持ち出して斬りつけたりと、暴行して強奪した。

ただ普通、追い剝ぎが出没するのは、人目のない山中の街道筋などがほとんどで、白昼の江戸市中のようなにぎやかな場所ではない。

ところが近年は何かと不景気な世情を反映してか、江戸のなかでも一級の繁華街である日本橋《にほんばし》や両国《りょうごく》といった町にまで、平気で日中に通行人を襲う「荒稼ぎ」が出没するようになってきたというのだ。

「したが実際、さように通行人《ひと》の多き場所《ところ》で、どのように……」

ちと想像ができかねて、桐野が訊ねると、

「いやまこと、あの日本橋の町なかに白昼堂々、盗賊が出るというのですから、『世も末』といったところにございますのですが……」

と、加納も眉間に皺《しわ》を寄せて、話の先をこう続けた。

「昨今の荒稼ぎは、結構な人数《ひとかず》で徒党《ととう》を組んで行うものが多いようでございまして、わざと通行人に突き当たり、喧嘩を吹っかけるようにして、皆で囲って殴る蹴るの暴行をしながら、懐中の財布をはじめ、櫛《くし》や簪《かんざし》なんぞまで抜き取っていきますそうで」

「簪？　なれば、女人までが襲われると？」

「はい……。ことに身なりに金のかかっていそうな大店《おおだな》の女房や娘なんぞが、狙われるそうにてござりまする」

「だがそうした大店の女人《もの》なれば、女中なり、手代《てだい》や小僧《こぞう》なりといった奉公人が、供

「ええ。ですがそのお供の者まで、まるまる襲われるようにてございまして、そうした際には、十人を超えるほどで徒党を組んで、いっせいに取り囲んでまいりますそうで」

「ではその賊の人数の多さや荒っぽさに恐れをなして、周囲は見ても、手出しができぬという訳か」

「そのようで……」

たしかに賊が徒党を組んで襲っている現場を目の当たりにしてしまっては、よほど自分に勝てる自信がないかぎり、救出に飛び込んだりはしないであろう。

「むろん皆、慌てて近くの『自身番《じしんばん》（町場の交番）』に走ったりと、どうにか救済《たすけ》を呼ぼうとはいたすようなのでございますが、さようなことをしているうちに、賊はすっかり荒稼ぎをやり終えて、散り散りに逃げ去ってしまうそうにてござりまする」

「まあ、そうでござろうな……」

「はい……」

町人地での事件であれば、基本的には町場を支配している『町奉行所《まちぶぎょうしょ》』の役人が出張ってきて対処をするため、大番方のような幕府の番方の者たちが担当する訳ではないのだが、市中巡回の最中《さなか》にそうした現場に出くわせば、当然その場で狼藉者は捕らえて縄をかけておき、その後に『町方《まちかた》』に報せて引き渡すという手順になる。

今回もそのつもりで、賊を捕まえようとしたのだそうだった。

「こたび組下の者らが四谷の路地で見かけました際には、町人の男が二人、襲われておりましたそうで、おそらくは二人とも、どこぞ商店《おたな》勤めの者なのではないかと……」

番士らは巡回中、大通りから細い横道を一つ一つ覗いては「火事はないか？　異常はないか？」と、確かめながら歩いているそうなのだが、そうした横道の一つで商店勤めの手代風の二人が、見るからに遊び人といった男たちに囲まれて、小突くように殴られながら、仕方なく懐から財布を取り出して渡しているのを、目撃したというのだ。

「それで急いで駆けつけて取り押さえようといたしましたところ、盗った財布を投げ返し、慌てて逃げたそうにてございまして、男らが逃げていきました大通りで、番士らがようやく追いつき、そこで捕り物になりましたようで……」

そのあとは、書院番組頭・丸山楚一郎からの話の通りであった。

大番士たちが狼藉者五人を何とか捕らえて縛り上げようとしていたところに、丸山が現れて、「この場は拙者が預かろう。もし何ぞ不都合のごときがあれば、こちらは書院番六組の組頭をいたしておるゆえ、ご遠慮のう、申してこられよ」と言ってきたため、まさか役高千石の書院番組頭に逆らう訳にもいかず、半ば手柄を丸山に横手から盗られてしまう形で、あきらめて、その場を離れたそうだった。

「いや、さようでござったか……」

あの料理屋で丸山にも同じようなことを言ったなと、桐野は内心、苦笑いしていた。

こうして加納から話を聞けば、これもいかにもありそうなことではある。

いよいよもって「よう判らん」ようになってきたこの一件に、桐野は他者《ひと》に知られぬよう、小さくため息をつくのだった。

四

加納との会談を終えた桐野は、配下の本間柊次郎を引き連れて、目付方の下部屋《したべや》へと場を移していた。

「柊次郎。そなた、どう見た？」

桐野が訊こうとしているのは、料理屋で書院番側から聞いた話と、今さっき大番方の加納から聞いた内容との間に存在する、著しい喰い違いについてである。

加納の組下の番士たちは、「荒稼ぎの賊を見かけたから、捕まえようとしたのだ」と主張しているそうだが、丸山とともにいた町人たちのほうは、「徹夜仕事を終えて朝飯を喰い、ついでに軽く酒を引っかけて飯屋から出てきたら、『朝っぱらから酒を飲むとは、けしからん!』と、大番方の番士たちが、いきなりいちゃもんをつけて殴ってきた」と、そう言っているのだ。

「どう思う、柊次郎。さっき加納どのが申されたよう、実際、『荒稼ぎ』の事実はあったと思うか?」

「こたびがどうかは判りませぬが、以前、町場で先ほどの話がような『荒稼ぎ』の一件があったというのを、耳にしたことはござりまする」

本間が世間話として聞いたことがあるのは、神田《かんだ》の町なかで起こったという一件で、話によれば、手代を供に連れた商家の主人がその手代もろとも襲われて、白昼の繁華街のなかだというのに、財布はもちろん羽織や帯や着物に、履いていた草履《ぞうり》までを剝ぎ取られて、褌一丁《ふんどしいっちょう》の裸に裸足で自身番に駆け込んだというものだった。

「ほう……。それもまた、ずいぶんと物騒《ぶっそう》な話だな」

　聞いて、桐野も顔をしかめた。

「正直これまで、さような賊がおるなんぞと聞いたこともなかったが、男二人が昼日中《ひるひなか》、あの神田の町なかで身ぐるみ剝がれてしまうというのだから、賊に目をつけられたら最後、逃げようもないということであろうな」

「まことに……」

　と、本間はうなずいて、こう先を続けてきた。

「ただおそらく、これが武家町のなかにてございましたら、町場とはまるで違ってまいりましょう。武家地なら、まずは『辻番所《つじばんしょ》』の番人が見つけて、すぐに近所の武家たちに報せ、応援《たすけ》を請うことにてございましょうから、賊の捕縛《ほばく》に難儀することもございますまい。それゆえ必定《ひつじょう》、武家地には出ないものかと……」

「うむ……。賊もさすがに二本差しの武士《さむらい》なんぞは、狙わんであろうしな。それでこれまで目付部屋でも、いっこう話題《はなし》に出なかったという訳か」

「はい。おそらくは、さようで……」

　本間の話す荒稼ぎの実態は、「なるほど……」と、しごく納得のいく内容ではあったのだが、それとは別に桐野には、今の本間とのやりとりのなかに一つ気になっているところがあった。

「して、柊次郎。ちと話を戻すがな、正直なところ今の時点で、そなたはどちらに軍配を上げておるのだ？」

　軍配というのはもちろん、「荒稼ぎがあった」という大番側の話を信じるか、「飯屋から出てきただけ」という書院番側の言い立てを信じるか、その二択のことである。

「未だ双方詳しく調べた訳ではございませんし、本当にさような『荒稼ぎ』があったか否か、まずは四谷の近辺で聞き込みをせねばなりませんでしょうが」

と、公平公正を信条とする目付方らしく、本間はきちんと前置きをした上で、考察を始めた。

「縦《よ》し職人たちの申しますように、『ただ単に飯屋から出てきたところに、大番方の者らがいちゃもんをつけて絡んできただけ』にてございましたら、嘘つく側の大番士らも、もう少しありきたりな言い訳をこしらえるのではないかと思いまして」

「ありきたり？」

「はい。もとより虚偽であるならば『町人が四谷の路上で酔うて暴れて、周辺の者たちに難儀をかけておったゆえ、市中巡回の役儀によって取り締まっただけだ』と、さように言えば済むことにてござりまする。それをわざわざ『荒稼ぎ』なんぞと、世間にそうは知られていない賊の話をするというのも、いささか妙なものかと……」

つまりは嘘がないからこそ、「四谷の町なかに、白昼堂々、荒稼ぎが出た」などという、荒稼ぎの賊の存在を知らない者には俄《にわ》かに信じがたいような話を、平気で口にしたのではないかというのだ。

「うむ……。柊次郎、まこと、そなたの読み通りやもしれぬぞ」

桐野も大きくうなずいて、その先を付け足してきた。

「いやな、実を申せば、書院番側のあの宴会《うたげ》が、どうにも気に入らんのさ」

「書院番方の丸山さまが、料理屋で職人らを集めて飲み喰いをさせていらした、あれでございますか？」

「ああ。そも何ゆえに、本来は何の関わりもない書院番方の丸山どのが、あの町人らに詫《わ》びをせねばならんのだ？」

幕臣の番士がほうには理《り》がないゆえ、迷惑をかけた町場の者らに、とりあえず一休みしてもらおうと思ったと、丸山はそう言っていたが、そこがどうにも理解ができないと、桐野は本音をぶちまけた。

「そも自分の組下が起こした一件ならいざ知らず、何の関わりもない大番方の尻拭いなんぞを殊更になされる、その真意が判らん」

「はい。実は私も、端《はな》から気になってはおりました。まあ何と申しましょうか、やけにきれいに物事が進んでいるようにてございましたし……」

「偽善が過ぎる、ということであろう？」

言葉を選んで言いあぐねていた本間の分までぶちまけて、桐野が歯に衣着《きぬ》せずに言い放った。

「町場で幕臣が暴れていたとて、それをいちいち通りがかりにあんな調子で庇《かば》うていたら、身も金子《きんす》も持たぬぞ。大身《たいしん》の幕臣旗本を気取って、世間に善い顔を見せようというにも、程度《ほど》が過ぎる」

「………」

忖度《そんたく》のかけらもない「桐野さま」の言いように、本間は思わず吹き出しそうになった。

この「桐野さま」には、童顔で小柄で上品な見た目とは裏腹な、こうした一種、やけに思い切りのいい豪胆な部分《ところ》がある。配下の徒目付として「桐野さま」の下についてて働くたびに、折につけ感じるこの潔い豪胆さが、本間は大好きであった。

その愉しい気分のままに、本間も隠さず、自分の考察を口にした。

「丸山さまは、そのいわば『旗本の殿さま然《ぜん》』としたところを逆手に取られて、あの町人の男たちに騙されておいでなのでございましょうか？」

「まあ、そんなところであろうな。『お武家さまのおかげで、本当に命拾いをいたしました』なんぞと持ち上げられて、いいように使われておるのであろうよ」

「まことに……。では桐野さま、まずはあの職人らの身辺からでもよろしゅうございますか？」

「うむ。そのあたりから探ってくれ」

あの五人の町人たちの住まいや職については、あの料理屋の席で一人ずつ、名と住所と、仕事の内容や勤め先まで訊ねて、本間が書き取ってあるのだ。

「したが、もしこちらの読み通り、大番側の申し立てが真実《まこと》で、あの男らが荒稼ぎの賊であるなら、名も住処《すみか》も、むろん嘘っぱちであろうがな」

「はい。けだし嘘をつくにも、住処なんぞは多少なりとも土地勘のある場所《ところ》を選びましょう。そのあたりに何かしら、手がかりのごときも見つかるやもしれませぬ」

「よし。では何ぶん町人を相手の調査《しらべ》ゆえ、あの男らが『賊』とはっきりするまでは、慎重に頼む」

「はい。心得ましてござりまする」

江戸市中の町人については町方が支配の筋で、本来ならばこうした調査も、目付方ではなく町方の役人たちが行うこととなっている。

だが今の時点では、大番側の申し立てが虚偽である可能性もあるため、あの五人の町人たちをある程度までは調査して、もし本当に「荒稼ぎの賊」であることが判明したら、その際には町方にすべてを報告して、賊を捕らえてもらうつもりであった。

町人を調べる際に発生するこうした手順の複雑さについては、かねてより本間たち目付方の配下たちも重々心得ている。たとえば町場においては聞き込み一つするにしても「城から来た役人だ」などとは口にせず、たいていは町人に化けて、できるだけ自然な形で情報を集めるのだ。

「こたびはあの男らが『飯屋から出てきたところで難癖をつけられた』と、そう申しておりましたので、その飯屋に出入りして客らから噂話が聞けますよう、振り売りの商人《あきんど》にでも化けようかと思うておりまする」

「おう、『棒手振り《ぼてふ》』か。それはよいな」

棒手振りというのは、長い棒の両端に売り荷を吊るした天秤棒を担いで売り歩く、行商人のことである。

この本間柊次郎は、数多いる目付方配下のなかでも、そうした化けっぷりが見事な一人で、一体何を売り歩くつもりかは判らぬが、またきっと売り荷のほうもそれなりに売れてしまうのではないかと思われた。

「では桐野さま、これよりさっそく……」

「うむ。よろしゅう頼む」

「ははっ」

一礼して下部屋を出ていく本間の背中を頼もしく見送ると、桐野は自分も別の方面からの調査《しらべ》を進めるべく、立ち上がった。

大番組頭の「加納久仁左衛門」や書院番組頭の「丸山楚一郎」ら、この一件で名前の挙がった幕臣たちについて、年齢や家禄、家族構成、拝領屋敷のある場所や、これまでの役職の経歴などといったいわゆる下調べを、別の配下に命じて進めておこうと考えているのである。そうした概略までなら、幕臣武家が折につけ幕府に提出しなければならない諸々《もろもろ》の届を見れば、判るようになっているのだ。

大番方の番士の誰が、実際にこたびの一件に関わっているかについては、すでに組頭の加納から名を書き留めた紙片が提出されている。

その紙片に改めて目を通すと、桐野は下部屋を後にするのだった。

五

本間が料理屋で書き取ってきた五人の男の名や住処は、以下のようなものである。

まず一人目は二十六歳の「又治郎《またじろう》」という男で、住処は麴町《こうじまち》十二丁目の裏手にある幸兵衛店《こうべえだな》という長屋の一室。

二人目は、その又治郎の隣の部屋に住んでいるという、二十三歳の「周助《しゅうすけ》」という男。

三人目が三十三歳の「紋蔵《もんぞう》」で、こちらは四谷塩町《しおちょう》一丁目にある裏長屋の多左衛《たざえ》門店《もんだな》に住んでいるという。

四人目は四十二歳の「駒吉《こまきち》」で、麴町十一丁目の裏路地に一軒貸しの貸家を借りて、女房や子供二人と住み暮らしているらしい。

五人目は三十七歳の「与八《よはち》」という者で、四谷傳馬町一丁目にある甲太夫店《こうだゆうだな》と呼ばれる裏長屋で、女房と二人で住んでいるということだった。

この五人、勤め先はみな一緒である。四谷傳馬町の横丁にある「彫芳」という版木彫りの親方の工房で働いているらしく、あの日は前日から徹夜して皆で急ぎの仕事を仕上げた後、行きつけの近所の飯屋で朝飯を喰いつつ一杯ひっかけて、それぞれ寝床に戻ろうとしていたそうだった。

この証言の裏付けを取るため、本間は配下の小人《こびと》目付数人を引き連れて、まずは工房の「彫芳」を探した。

すると、たしかに四谷傳馬町のなかでも「大横丁《おおよこちょう》」と呼ばれる大通り沿いに、『彫芳』と看板のある版木彫りの工房があり、遠くから人の出入りをしばし観察してみたところ、職人と思しき男たちや、客らしき商人などが出入りしているのが見えた。

だが本間ら目付方が、本格的に人員の配置を決めて彫芳の監視を始めてみると、一日経っても二日経っても、いっこうに見知った顔の職人が現れない。

彫芳はどうやら大きな工房のようで、若手はまだ見習いであろうと見える十五、六の少年から、年嵩《としかさ》の者はすでに五十も半ばを超えているだろうと見える男まで、職人らしき者たちがざっと数えて十一人ほどもいたのだが、その十一人のなかには料理屋で会った男たちは、ただの一人もいなかったのである。

十一人いる職人たちのなかで、親方の家族とともに彫芳に住み込みで暮らしているのは、まだ十代と見える若手の二人だけのようで、あとの九人は朝方の五ツ刻に外から通いでやってくる。

仕事終わりは暮れ六ツ（午後六時頃）で、なかには居残り仕事があるものか他の皆よりかなり遅れて出てくる職人もいたが、それでも六ツ半（午後七時頃）前には通いの九人すべてが彫芳から出てきて、それぞれ家へと帰っていく。

判《はん》で押したようなその彫芳の人の出入りを、二日間たしかめていた一方で、本間は別の配下たちに命じて、料理屋で聞き取ってきたあの五人の男たちの住処を一つずつ当たらせていた。

その結果の報告が彫芳を見張っていた本間のもとに届いたのも、二日目の日暮れ過ぎのことである。

「五人が五人、皆すべてが大嘘にてございました」

まずは又治郎と周助が隣どうしで住んでいるという裏長屋を、麹町十二丁目で探したそうだが、『源兵衛店』などという長屋はどこにもなかったという。

同様に、紋蔵という男の言った『多左衛門店』も、与八の言った『甲太夫店』もなく、一軒貸しの貸家にいるという駒吉の話も嘘であった。

「やはりな……」

聞いて本間はため息をついたが、あの五人が彫芳の職人ではないと判明した時点で、たぶん名も住処もでたらめであろうとは想像できていたことである。

「して、聞き込みの際、近隣の者らの話に、何ぞ手がかりのごときはなかったか？」

「はい……」

と、目を伏せてうなずいてきたのは、四十五歳の「野中蚕五郎《のなかさんごろう》」という小人目付である。今回、調査に就いてもらった配下のなかでは、この野中蚕五郎が一番に古参なため、今も配下を代表する形で本間のもとに報告に来ていた。

「こたびも町場での調べにございましたゆえ、私どもは皆で金貸し屋の手代に化けまして、取り立てに来た風を装ったのでございますが、本間さまより伺《うかご》うておりました人相や風体を話して、あちこちで聞きまわりましても、いっこうにそれらしき話も浮かびませんで……」

彫芳のある四谷傳馬町の大横丁を中心にして、五人の男たちが町名を挙げた麴町の十一丁目や十二丁目も、四谷の塩町も、ほぼ隣り合っているような町である。

その町々にある裏長屋を、片っ端から手分けをしてまわって、

「歳の頃は二十六で、名を『又治郎』という、痩せぎすでひょろりと背の高い、ちょいと顎《あご》のしゃくれた若造を探してるんでごぜえやすがね、このあたりで見かけたこたァござんせんか？」

などと、貸し金の取り立てのふりをして、長屋の住人たちに訊いて歩いたというの

だ。

借金の取り立てとなれば、多少しつこく訊きまわっても、不思議には思われない。

だがそうして野中たちが足を棒にして訊きまわっても、ものの見事にどこからも手がかりになるような情報は得られなかったのである。

「長屋の者らに怖がられぬよう、子供らに飴玉を配って訊きまわりましたので、なかには随分と親切に、一緒に近所を訊きまわってくれた母親なんぞもおりましたのですが、やはり、いっこう……」

「さようか……」

半ば予想をしていた通りではあるのだが、ではさてこれからどのようにしてあの五人を探せばいいものか、途方に暮れているというのが正直なところではある。料理屋で訊問をした際に、ごく間近で観察したあの男たちの顔立ちや声や様子を懸命に思い浮かべていくうちに、

「…………！」

と、本間は、あることを思い出した。

たしかあれは「与八」といったか、歳の頃は三十七で、四谷傳馬町の裏長屋に女房と二人で住んでいるという男の左右の手の全部の爪が、薄汚れた感じに青黒く染まっ

ていたことを思い出したのである。

あの、ことに縁《ふち》の部分が他よりも濃く青黒く染まってしまっている爪は、以前にも見たことがあった。藍染《あいぞ》め職人の爪である。

「蚕五郎」

「はい」

と、改めて目を合わせてきた野中蚕五郎に、本間はこう言った。

「悪いが、ちと神田の紺屋町《こうやちょう》を、一緒《とも》にまわってみてはくれないか」

「紺屋町、にございますか？」

神田の一画にある紺屋町は、藍染めの職人ばかりが集まって住んでいる職人町である。

大昔、まだ幕府の創成期といえるような時代に、腕の良い藍染め職人たちが幕府から神田の町の一画を与えられたのが『紺屋町』の始まりで、町の北側には小川もあり、染め終えた反物《たんもの》を川に浮かべて自然に糊《のり》を洗い流すこともできたため、百年以上経った今でも、幾つもの紺屋（藍染めの工房）がずらりと軒を並べていて、それぞれに職人を抱えて藍染めを続けている。

その紺屋町の工房を片っ端から訪ねて、くだんの「与八」に心当たりがないか訊いてまわってみようと、本間は考えているのだ。

いきなりの紺屋町の話に目を丸くしている野中蚕五郎に、与八の爪の一件を話して聞かせると、ようやくの明るい展開に野中は身を乗り出してきた。

「紺屋の職人というのであれば、少しは人数《かず》も絞れましょうし、今度こそ何ぞか手がかりも……」

「ああ」

と、本間もうなずいて見せた。

「したが、もう現役の職人ではあるまい。今も毎日、藍甕《あいがめ》に手を突っ込んでおるならば、爪だけでは無《の》うて、手や腕も青うなっていようからな」

「さようにございますね……。では、紺屋勤めをしておりましたのは以前《まえ》の話、ということになりましょうか」

「ああ。藍染めの職人が博打《ばくち》か何ぞで正常《まとも》では無《の》うなって、荒稼ぎの賊にまで落ちた、ということかもしれぬが……」

いずれにしても、まずはとにかく紺屋町に出向いて、足で稼いで調べてみるしかなさそうである。

「直《じか》にあの与八《おとこ》を目にした私が話をしたほうがよかろうが、紺屋町がような職人気質な場所《ところ》をまわるのに、これまで通りの『金貸し屋の手代』のふりで、大丈夫なものかと思うてな」

「さようにございますね……」

と、野中も思案顔になった。

「では同じ『借金の取り立て』にてございましても、金貸しの手代などではなく、堅気《かたぎ》の米屋か味噌屋がような『町場の商家の手代』という形であれば、別にどうということもなく、あれこれと何でも普通に訊くこともできましょうかと……」

「おう、よいな、蚕五郎。米屋でまいろう」

「はい。なれば、これよりさっそくにも米屋の手代風の身支度《みじたく》を二着、取り揃えてまいりまする」

言うが早いか、野中はいかにも足取り軽く、本間に背を向けて離れていくのだった。

六

三日ほどして後のことである。

こたびの件の担当目付である桐野仁之丞は、徒目付の本間柊次郎を引き連れて、目付筆頭である妹尾十左衛門の自邸を訪れていた。

妹尾家の拝領屋敷は、幕臣旗本家ばかりが集められた駿河台《するがだい》の広大な武家地にある。その十左衛門の屋敷の客間で、今、三人は酒をちびちびとやりながら、夕飯を喰い始めたところであった。

「ほう……。して、柊次郎。爪の染まったその『与八』と申す男は、まこと紺屋の職人であったのか？」

話に身を乗り出してきたのは、桐野や本間から報告を受けていた十左衛門である。

「はい」

と、本間は素直に嬉しそうな顔をして、その先の報告を続けた。

「『染長《そめちょう》』と申します紺屋の一軒《ひとつ》に、四ヶ月《よっき》前まで『弥八《やはち》』という名の職人がおりましたそうで、歳の頃合いも合いますし、がっしりとした身体つきの大男ながら、肌の色だけは生っ白いところなんぞもピタリと合うということで、これが少しだけ名を変えて『与八』と名乗っているのではあるまいかと……」

染長の主人である「長左衛門《ちょうざえもん》」の話では、その弥八は二年ほど前、岡場所の遊女に溺れ始めて、女のもとへ通う金欲しさに、親類縁者ばかりか紺屋町内の職人仲間などからも細かく借金を繰り返していたらしく、とうとう四ヶ月前、借金相手の染長や他の紺屋の職人たちと大揉めに揉めて、四谷の酒場で派手な喧嘩騒ぎを起こしたということだった。

「『抱えの職人の不始末』ということで、染長の長左衛門が、紺屋町内で弥八が借りた借金だけはすべて肩代わりをしたそうで、騒動も無事収まったそうにてございますが、弥八自身はさすがに居心地が悪うなりましたものか、翌日ついとどこぞにいなくなったということで……」

そのまま染長にも姿を見せず、住んでいた近所の裏長屋からもいなくなってしまったそうだが、半月ほど前、染長の職人の一人が神田三河町《みかわちよう》三丁目で、弥八が裏路地に入っていく姿を見かけたということだった。

「見かけた場所を教わって、その近辺《あたり》を隈《くま》なく探してみましたところ、三河町にある『佐兵衛店《さへえだな》』と申す長屋に見つけました。今は野中蚕五郎らに命じまして、何とか弥八が他の四人に繋がらないものか、見張らせておりまする」

「おう、でかしたな！」

「はい」

と、横から「ご筆頭」のお褒《ほ》めの言葉にうなずいてきたのは、これまでは黙って横に控えていた目付の桐野仁之丞である。

「この柊次郎はむろんのこと野中蚕五郎ら配下の者たちも、最初は『彫芳』近くの四谷やら麴町やらの長屋の総当たりから始めまして、次には紺屋町の紺屋をまわり、今度は三河町にてございますので、こたびも随分、苦労いたしてくれました」

「とんでもございませぬ！　まだ一人、ようやく弥八が見つかっただけにてございますゆえ……」

慌ててそう言ってきた本間の言葉が、謙遜や衒《てら》いではなく、本心からであるのは、十左衛門も桐野も、もうすっかり承知している。そんな本間柊次郎が相手ゆえ、桐野もよけいに本間たち配下の手柄を強調してやりたくなるというものだった。

「他の四名が見つからずとも、もし弥八に、何ぞ『荒稼ぎ』がような悪事に加担しそうな気配があれば、直ちに町方に報せて取り押さえてもらってくれ。料理屋におった五人が五人とも、己の名も住処も隠していたということだから、『荒稼ぎの賊であった』という大番側の主張に間違いはあるまい」

十左衛門の判断に、

「はい」

と、桐野もはっきりとうなずいてきた。

「その大番組頭の『加納久仁左衛門どの』が件《こと》にてございますのですが、こちらはもう一点の曇りもないどころか、上司《うえ》にも配下《した》にも人望がございますうえに、昨年は大坂での勤番中に放火《ひつけ》の賊を見事に捕らえて、すんでのところで大坂城《しろ》に火がつけられんとしたところを防いだそうにてございまして……」

大坂での勤番というのは、番方のなかでも大番方のみに任じられている『大坂城』の警備勤務のことで、一組から十二組まである大番組のうちの二組《ふたくみ》が、一年ずつの交替制で、江戸から大坂に出向いて、幕府直轄の城の一つである大坂城の警備にあたるのである。

同様に、京にある『二条城』にも大番方から二つの組が派遣されていて、この一年交替の京・大坂での勤番を「上方在番《かみがたざいばん》」などと呼んでいる。

加納久仁左衛門の所属する大番四組は、昨年その大坂在番にあたっていたのだが、ある日の夕刻、まだ誰もが薄暗さに目が慣れてない頃合いを見計らい、三名の浪人たちが大坂城の出入り口の一つである「京橋口《きょうばしぐち》」と呼ばれる城門に、火の点いた矢を射りつけようとしていたところを、ちょうど休憩を取って城に戻ってきた加納が遠くから見つけたらしい。

「男たちのいる場所まではまだかなり離れておりましたそうで、加納どのは駆けつけながらも大喝一声、周辺《あたり》に響き渡らんほどに浪人どもを恫喝したそうにてございまして、慌てて逃げ出したその浪人三名を、ようやく事件《こと》に気づいた別の組の番士たちとともに、見事、捕らえたそうにてござりまする」

「ほう。さようなお手柄を……」

「はい。捕らえてみれば、いわゆる不平浪士という風な輩《やから》でございましたようで、『幕府に対し、謀反を起こさんとした計画《くわだて》を、未然に防いだのは天晴《あっぱ》れである』として、ご老中方よりも直にお褒めの言葉をいただいたということで……」

今年、大坂から江戸に戻って、まだ幾日も経たない頃に、大番方の支配筋である老中方より加納久仁左衛門に呼び出しがかかり、首座《しゅざ》の老中「松平右近将監武元《まつだいらうこんのじょうたけちか》」から直々《じきじき》にお褒めの言葉をいただいたうえに、何と上様からの褒美として『時服《じふく》（季節に合った着物）』まで下賜《かし》されたそうだった。

「なれば、こたびの一件も、『荒稼ぎの賊を捕らえようとしただけ』とする大番方の主張が、難なく通るのではないか？」

「いや、ご筆頭。まさしく、そこにてございまして……」

「…………？」

意味が判らず、目を見開いている十左衛門を相手に、桐野仁之丞はその続きを話し始めた。

「実は『書院番方』四組の組頭が、近く隠居をいたすそうにてございまして、一つ空きますその席に、大坂で手柄を立てた加納どのを推挙する話が、老中方から出ておりますそうで……」

今、加納久仁左衛門が就いている大番組頭の役高は六百石、対して書院番組頭の役高は千石なので、かなり「出色のお取り立て」ということになる。

その加納の出世話に対して、一組から十組まである書院番方の組頭たちが、ざわついているらしいというのだ。

「元来の加納どののご家禄は五百石にてございますが、こたび大坂でのお手柄で、書院番組頭へのお取り立ての話が出ましたことで、『家禄が五百石では、役高千石の役を務めるには、ちと無理があろうから……』ということで、無事『お取り立て』と相成った際には、加納どののご家禄を七百石ほどにご加増という話も出ているそうでございまして」

「『ご加増の話』とあらば、それは当然、ご老中方からのご提案にてござろうな？」

「はい。そこがまた、書院番方の皆さまの引っかかりとなっておりますようで」

そうやって「あれも、これも……」と次々に、老中方が加納久仁左衛門を取り立ててやろうとしていることに反応してか、加納を受け入れる側となる書院番方の組頭たちが、いつになく幾度も組頭だけの会合《よりあい》を開いて、料理茶屋などに集まっているという。

「さすがに料理屋の屋内《なか》にまでは踏み込めず、外から様子を窺《うかご》うておりましたのですが、三度目の会合の際、皆ずいぶんと深酒をいたしたらしく、料理屋の外に出てきてからも、声高にあれやこれやと言い立てておりまして……」

加納家は『両番筋』ではないのだから、そも横手から書院番方にねじ込んでくるのがおかしい。「平の番士として構わないから、書院番に入れてくれ」というのなら許してやらん訳でもないが、よりにもよって組頭として入ってくるなど、理屈に合わんではないか。もとより両番の家柄ではない御仁《ごじん》に、はたして書院番の番士たちが、まともに付き従《したご》うていくものか判らんぞ、などと酒の勢いを借りてか、ひどくあからさまな物言いをしていた者もいたというのだ。

「……気に入らんな」

聞き終えて酒をくいっとやりながら、顔をしかめてそう言ったのは十左衛門である。

「幕府武官の組頭として、五十人からの番士をはじめ、与力・同心までをも統率せねばならない者たちが、さように心根の狭きことでどうするというのだ」

「まことに……。いや実際、張り込んでいた料理屋の陰から会話《はなし》を聞いておりましても、正直、虫唾《むしず》が走りますようで……」

桐野も言って、杯を空けている。

するとこれまで黙って控えていた本間柊次郎が、横からこう言ってきた。

「さように皆で村八分にいたしておるのであれば、こたびの件で丸山さまがあの五人の言い分を安易に信じてしまわれましたのも、お相手が加納さまの組下の番士らであったからではございませんでしょうか」

「いや柊次郎、まこと、そのあたりが丸山どのの本音であろうな」

いつになく派手に大きくうなずいて、桐野は先を続けてきた。

「あの五人と大番士らの乱闘を丸山どのが見かけて引き分けた際にも、番士らが自ら名乗って『大番四組の市中巡回』と申した時点で、たぶん丸山どのが頭には『あの加納どのの組下か！』と、小憎《こにく》らしき加納どののご面相が浮かんでいたのであろうさ。それゆえ咄嗟、町人を庇って『現場《ここ》は拙者が引き取ろう』と、大番士のほうからは理由《はなし》も聞かず、追い払ったに違いないぞ」

「はい。私もそのように……」

丸山があの五人を料理屋に誘って、飲み喰いまでさせてやったのも、いわば「加納久仁左衛門への当てつけ」というところであろうなどと、桐野も本間も、今は酒が入っているから、いささか常よりも言葉選びに遠慮がなくなっているようである。

そうして二人が話していると、しばし黙って聞き役にまわっていた十左衛門が、突然に言ってきた。

「なれば、ちと笙太郎を呼んでくるゆえ、丸山どのが如何《いか》な御仁であるものか、人となりなど、訊ねてみられたらどうだ?」

「やっ、それをお願いいたしましても、まことによろしゅうございますか」

一気に酔いの醒《さ》めた顔をして、嬉しそうに目を輝かせてきた「桐野どの」の様子に、十左衛門は笑い出した。

「『もしやして言い出せずにおられるか』と思うてはいたんだが、やはり遠慮をなさっておられたか?」

「はい。実は喉《のど》から手が出るほどに、丸山どのが日頃どのような御仁であるか、直属のご配下である笙太郎どのよりお話をばうかがいたいと思うておりましたが、『目付方《こちら》の身内に、いわば内々《ないない》で話を聞く』ということが、はたして目付として許されるものなのか否かが……」

「いや、それは構わんだろう。あくまでも書院番六組の番士に『目付方の訊問』として話を訊くだけなのだから、私情には当たるまい」

十左衛門はそう言うと、さっそく座敷の外へと声をかけて、顔を出してきた家臣の若党に、奥から笙太郎を呼んでくるよう言いつけた。

「お呼びでございましょうか」

程なく外から声がして、笙太郎が襖を開けて入ってきた。

桐野や本間が来ていることは、すでに父親である十左衛門が二人を連れて帰宅してきた際に玄関でお出迎えをして挨拶したから、笙太郎も承知していて、あえて仕事の会合《はなし》の邪魔にならないよう、奥にこもっていたのである。

まだ一歩、座敷のなかに入っただけで、そのまま控えている笙太郎に、桐野は自分で声をかけた。

「いや笙太郎どの、お呼び立てをして申し訳ござらぬ。実はちと目付方の調べで、ご意見をばいただきたく存じましてな」

「え？　私に、でございますか？」

とたん、いつもの笙太郎の地《じ》が出て、意見を求められたことが嬉しいらしく、ぐぐっと勝手に桐野のほうへと近づいてきた。

「して、何でございましょう？　どうぞ、何くれとご遠慮のう、訊いてやってくださりませ」

「これ！　そうしてすぐに出しゃばるでない」

「はい……。申し訳ございませぬ」

さっそく父親に注意をされて謝ったが、それでも顔はいかにも準備万端で、桐野のほうへと向いている。

そのあまりに判りやすい明朗さに吹き出してしまいそうになりながらも、桐野はどうにか笑みをこらえて、目付方の訊問らしく居住まいを正して言った。

「おうかがいいたしたき件《こと》と申しますのは、笙太郎どのがお勤めの組内のことにてございましてな。書院番六組におられる組頭の『丸山楚一郎どの』のことにてござるのだが……」

「丸山さまに、何ぞかあられたのでございますか？」

いよいよもって身を乗り出してきた笙太郎に、横手から十左衛門の睨みが飛んできて、それでようやく少しだけ笙太郎も小さくなった。

「相済みませぬ。またも、よけいな口をば挟みました。どうぞ何でもお訊ねくださ い」

「いや、『何ぞあった』という訳ではござらんのだが、ただもう日頃、丸山楚一郎どのという御仁がどういったお方であるものか、お組内の笙太郎どのにおうかがいをいたしたいと思いまして……」

「なるほど！　さような御用にてございましたか」

　笙太郎が何をどう思って納得しているものかは判らないが、もとより目付方の調査《しらべ》であるから、どのみち事件の詳細については話せない。

　この絶妙な行き違いをそのままに、桐野は話を進めさせてもらうことにした。

「ただいま四十二になられる丸山どのが、書院番の三組に番士として入組しなすったのは、ちょうど二十年前のこと……。その後、三十四の年に番士から組頭へとご出世となり、組も六組に移られて、現在《いま》に至っておられるということまでは存じておるのでござるが……」

　とりあえずの身上調査で判っているかぎりの職歴を並べると、桐野はいよいよ本題を切り出した。

「いかがなものでござろう？　丸山どのの常日頃の勤務のご様子や、笙太郎どのら配下の方々への指揮や先導のご様子など、どんな些細《ささい》なことでも、お教えいただけたら幸いにござるが」

「………」

　だが笙太郎は急に何やら困ったような顔をして、ぴたりと黙り込んでしまった。

「いや笙太郎どの、さように難しゅう考えずとも、ご貴殿の知るかぎりのことで構いませぬゆえ……」

「いえ」

と、笙太郎は目を上げると、きっぱりとこう言った。

「私はまだ組に入って一ヶ月《ひとつき》ほどでございますゆえ、書院番の勤務《つとめ》のことも、丸山さまら組頭のお役目のことも、未だいっこう判ってはおらぬと存じまする。もしこれより一両日ほどいただけますなら、私のほかに、組内の先輩方や同輩を集めて、この屋敷にて改めてお話をさせていただきとうございます」

「あ、いや、笙太郎どの……」

「よいではないか、桐野どの。どうせ話を聞くのなら、一人でも多くの者らから、あれこれと聞いたほうがよかろうて」

「はい……。なれば、お言葉に甘えさせていただきまして……」

「うむ。では笙太郎、よいな？」

「はい。なればさっそくお屋敷の在《あ》り処《か》が判る先輩や同輩にだけでも、使いを出してしまいますので……」

そう言って立ち上がり、笙太郎は座敷を出ようと歩き出したが、よく見ると、かすかにではあるが、不自然に右足を引きずっているようである。

「おい」

と、笙太郎の背中に声をかけたのは、父親の十左衛門である。

「どうした？　また足を傷《いた》めておるのか？」

「ああいえ、これも稽古のうちにてございますゆえ、何ほどのことでもございませぬ」

屈託なく笑ってそう言うと、笙太郎は座敷を後にしていった。

その後ろ姿を見送ると、

「ご筆頭」

と、桐野は十左衛門に向き直った。

「『お稽古』とおっしゃいましたのは、何ぞ武芸の……？」

「さよう。書院番の組内で行う諸武芸の鍛錬でな。今度は何で傷めたものやら判らんが、始終ああして足だの腕だのと傷めておるのだ」

「さようでございましたか……」

書院番や小姓組の番士の日常のことなら、桐野も十左衛門もまずは両番に番入りをして、今の目付の職にまで登ってきた訳だから、書院番士が組ごとに行う武芸の稽古が決して甘くはないものだということは心得ている。

幕府諸番方の番士たちには、たいていは年に数回ほど、武芸達者な者が自分の腕前を上様の御前で披露することのできる、いわば晴れ舞台が設けられている。

これを『武芸上覧』というのだが、出場を許されるのは、わずかな人数であるため、書院番や小姓組番に限らず、大番などの他の番方の番士たちも、武芸上覧への出場を目指して、日々、鍛錬を続けているのだ。

「笙太郎《あやっ》は万事、そそっかしきところがあるゆえ、始終ああして怪我をしておるのやもしれぬな」

そんな風には言いつつも、「ご筆頭」が怪我の多さを気にされているのであろうことは、桐野にも本間にも見えている。

本間はつと考えて、さらりとこう、口にした。

「番士の皆さまからのお話とは別に、丸山さまの日頃のご様子については、直に拝見もいたしましたほうがよろしゅうございましょうし、誰ぞ小人目付《したた》の者にでも命じて、こっそり書院番の武芸の稽古も覗かせておきまする」

「おう、そうしてくれ」

本間の提案に即座に答えたのは、桐野仁之丞である。

こうして今度は書院番の丸山側も、つぶさに調査されることとなったのだった。

七

翌日の昼下がり、まさか自分の鍛錬の様子が目付方に観察されているとは露ほども知らない笙太郎は、書院番六組の組内の皆とともに幕府直轄の馬場にいた。

江戸城の内堀に架かる『半蔵御門橋《はんぞうごもんばし》』のすぐ外側にある、「騎射調練馬場《きしゃちょうれんばば》」と呼ばれる広大な馬場である。

麴町の一丁目と二丁目がまるまるそのまま入ってしまうほどの東西に長い巨大な馬場で、ここでは主に馬を走らせながら騎馬のまま弓を構えて的を射る、「騎射」と呼ばれる難しい武芸を修練していた。

この騎射を、数ある武芸のなかでもことさら気に入っておられたのが、八代将軍の吉宗《よしむね》公である。当時、吉宗公は、戦のない平和な世に甘えてすっかり弛《たる》んでいた幕臣たちを、いま一度、勇猛果敢な武士《さむらい》に叩き直そうと、広く武芸の修練を命じていて、ことに騎射は弓術と馬術の両方に優れておらねばできないため、武芸のなかでも花形の競技となっていたのだ。

毎年十一月頃には「騎射挟物御覧」といって、馬上から板や扇や紙などを二股になった竹の串に挟んで、そのぐらぐらと不安定な形のものを的として射る、騎射のなかでも更に一段難しい射芸の上覧が、特別に開催されることとなっていた。

この「騎射挟物御覧《はさみものごらん》」に出場を許されるのは、たったの二十五名である。書院番や小姓組番、大番などのほかにも『新番《しんばん》』と呼ばれる本丸御殿の要所を護《まも》る番方の旗本たちも出場を狙うため、この二十五名に選ばれるのは容易なことではなかった。

たとえば書院番だけでも、番士の数は一組《ひとくみ》・五十人いるから、総勢で五百人。これは小姓組番も同様で、やはり総勢五百人なため、両番だけで千人である。

一方、大番は同じく一組・五十人だが、こちらは十二組まであるから、六百人。加えて新番の番士は一組・二十人で六組までなので総勢で百二十人となり、稀《まれ》には番方以外からも武芸自慢の旗本が選出されることもあったから、実に千七、八百人もいるなかからの二十五名に選ばれなくてはならないのだ。

必定、どの番方の頭《かしら》や組頭も、自分の組から一人でも多くの番士を出場させたいと願うから、組下の番士たちへの武芸の教え込みにも熱が入る。

ことに書院番六組では、組頭の丸山楚一郎が、

「今年は何としても、六組《うち》から五名はご上覧に出すゆえ、さよう心得よ！」

となっていた。

と、年頭に今年の抱負として皆に言い渡してあったため、日々の修練は過酷なもの

「馬鹿者ッ！　矢が的まで届かんとは何事だッ！」

今も怒鳴っているのは、馬場に設けた指令台から皆の修練を監督している、組頭の丸山楚一郎である。

「はいッ。申し訳ございません！」

ただ一方の怒鳴られた番士も、六組のなかでは一、二を争う騎射の腕の持ち主で、今年で書院番に入って八年目の「植松《うえまつ》」という二十六歳の番士であった。

この植松が騎射をして、矢が的のあるあたりまで届かないというのは珍しいことで、これはたぶん「下手《へた》を打った」というよりは、「疲れて腕がパンパンになって、射る力が残っていない」ということであろうと思われた。

「植松さまがあの体《てい》では、もう他者《ほか》は、誰も無理だぞ」

「ああ。俺などは、もう馬を跨《また》ぐのさえも億劫《おっくう》だ……」

友人を相手にそうぼやいて見せたのは、他でもない笙太郎で、いま笙太郎ら番入り一年目の同期四人は馬場の隅にかたまって、先輩番士たちが一人ずつ順番に騎射の修

練で馬を走らせていくのを眺めているところである。

だがむろん「明日は我が身」というやつで、明日どころか、このあと小半刻（約三十分）と経たないうちに、今度は新参の自分たちの番がまわってくるはずだった。

「どうだ、誠之進《せいのしん》。おぬしは、まだ行けそうか？」

笙太郎が別の一人を振り返って声をかけると、「磯貝《いそがい》誠之進」という名の同じ年齢のその同期は、まるで野犬が吠えついてくるように怒り出した。

「気安く名を呼ぶなと申しておろうが！　そも俺を、おぬしがような『親の七光り』と一緒にするな。この俺は正々堂々、己が武芸の腕だけで番入りを果たしたのだからな」

「おい磯貝、おぬしこそ口を慎め！　笙太郎とて、親父さまのご威光だけで番入りした訳ではないのだぞ。馬術《うま》と槍術《やり》の腕ならば、笙太郎のほうがおぬしより、数段は上だ」

横手から笙太郎を庇ってくれたのは、竹内吉次郎《たけうちよしじろう》という同輩で、こちらは今年で十八だから、歳は一つだけ上である。だが同期は四人とも、同じ日にこの六組に番入りを果たしたので、お互いに敬称なしで呼び合っていた。

「いや吉次郎、よいのさ。父の名で得をしたのは、まあ、確かであろうからな」

「名というよりは、勤続の年数だと聞いたぞ」

横手から言ってきたのは、もう一人の同輩、朱田鉄之助《あけだてつのすけ》である。

朱田も竹内吉次郎と同じで十八だが、色黒のがっしりとした体軀なためか、もうとうに二十歳は過ぎて、子の一人や二人はすでにありそうなほどに老けて見える。

その朱田が先を続けて、こう言った。

「俺が父親も『新番の組頭』を続けて、十五年になるからな。親が十年を超えて勤続をしていると、その実直さを買われて、息子の株も上がるらしい」

「ふん。どのみち、親の七光りではないか」

磯貝の父親は家禄二千石の大身ではあるものの、祖父の代からずっと無役であったそうだから、たしかに親の勤続が磯貝の番入りに役に立った訳ではない。

「したが磯貝、おぬしこそ、ご大身の力が効いたのではないか？」

「何をォ……！」

竹内の悪口《あっこう》に反応して、磯貝が顔色を変えた時だった。

「おっ、待て！　どうやら植松さまが、肩を傷められたみたいだぞ」

皆と世間話をしながらも、しっかりと先輩番士たちの騎射の様子を見ていたらしい朱田が、遠くにいる植松たちのほうを目線で指した。

「やっ、本当だ。あれはかなり痛そうだな」

竹内がそう言った時には、すでに笙太郎は駆け出していた。

あの「植松さま」には、もう幾度か騎射の手ほどきを受けていて、「おまえは馬には乗れるのだから、とにかく弓を真っ直ぐに保てるよう、身体の芯を鍛えろ」と、あれこれ親身に教えていただいているのだ。

見れば植松は、右肩を左の手のひらで押さえて、地べたにうずくまっている。その植松を案じて、すでに五、六人の先輩番士たちが取り囲んでおり、一月の寒さに身体が冷えぬようにと考えたものか、うずくまっている植松の背中に羽織のようなものをかけてやっているのが見えた。

その様子を見て取って、笙太郎は、慌てて先輩番士らの間に分け入った。

「相済みませぬ！　このような若輩の身で、まことにもってご無礼にてござりまするが、傷めたほうの肩だけは冷やしておかねばなりませぬゆえ、どうにかして右の肩だけ避ける形で、お身体を温めることはできませんでしょうか？」

「おう、そうだったな。今、下手に温めてしまったら、痛みが増すな」

幸運にも、先輩番士の一人が素直に話を聞き入れてくれて、すぐに皆で揃って手を出して、植松の右肩から羽織をおろしたり、その下の着物や肌着の襟元をゆるめて、患部を出したりし始めた。

「出過ぎた真似をばいたしまして、まことにもって申し訳もござりませぬ」

自分自身は手を出さずに、後方で控えて頭を下げていると、そんな笙太郎のほうにわざわざ顔を向けてくれて、植松がこう言ってきた。

「すまんな、妹尾。今日は、俺も皆と一緒に、おぬしの屋敷に参るつもりであったが、これでは行けぬわ」

「とんでもないことでございます。かような時に有難きお心遣いをいただきまして、まことにかたじけのう存じまする」

見れば、どうやら植松は、右の肩だけではなく、足のどこかも傷めてしまっているらしい。それでも友人たちの手を借りて立ち上がり、組頭の丸山がいる指令台に向かって、足を引きずりながらも歩き出した。

一方の丸山は、ちらりと植松ら番士たちのほうへと目はやったものの、いっこう案じる気配はなく、声もかけない。

そんな組頭のもとにようやく到着すると、植松は頭を下げてこう言った。

「修練の最中、まこと情けないかぎりにございますが、ちとこれから急ぎ屋敷に立ち帰りまして、医者の手当を受けようと存じまする。必ずや早く治して、すぐにまた騎射修練に励めるよういたしますゆえ、どうかお許しをいただきたく……」

「相判った。長く休むと勘が鈍《にぶ》るぞ。とにかく早う戻れよ」

「ははっ」

と、頭を下げた植松を左右から支えて、仲間の番士が二人、植松とともに退出しようと背を向けた。

「おい、何をしておる！　許したのは植松だけだぞ。おまえらは修練に戻らんか！」

「いや、ですが、植松は一人では無理かと……」

組頭に反論しかけた仲間を止めて、植松が慌てて言った。

「一人でも大丈夫だ。面倒をかけて、すまなんだな」

仲間二人に笑顔を見せると、植松は足を引きずりながら少しずつ、少しずつ、広い馬場を出口のほうへと向かって進んでいくのだった。

八

修練が終わって馬場で解散となった後、笙太郎の頼みを引き受けて駿河台の妹尾家に立ち寄ってくれたのは、同輩の竹内と朱田と、四人の先輩番士であった。

さっき植松を囲んで心配していた先輩番士のなかの四人で、一番の古株は植松と同期で八年目の「桑山七之助《くわやましちのすけ》」で、次に古手といえるのは五年目の「田辺悌一郎《たなべていいちろう》」、あとの二人は三年目の「福田克太郎《ふくだかつたろう》」と「内山三太夫《うちやまさんだゆう》」である。

今日の席には桐野とともに、この屋敷の主人である十左衛門も居並んでいる。

城内では「目付といえば、妹尾十左衛門」というほどにその名を知られた目付筆頭を前にして、客人の六人が緊張しないはずはなく、迎える側の目付二人と、客人側の六人、それぞれが順に名乗って挨拶を交わした後は、しんとばかりに静まり返ってしまっていた。

そんな場の空気をどうにかしようとして、口火を切ったのは笙太郎である。

「どうも、どこから始めればよいやら判りませぬが、桐野さま、どうぞ何なりと、我らにお訊ねくださりませ」

「かたじけない。なら、まずは諸武芸の修練でのご様子からお伺いをいたそう。貴殿らのお身体の様子から察するに、組頭どののご指導は、たぶんよほどに厳しき代物であるようにてござるな」

「え？　あの、『身体の様子』とは、どういう……？」

訊いてきた笙太郎だけではなく、ほかの六人も目を丸く見開いている。

そんな番士たち七人に、桐野はずばりと言い当てた。

「笙太郎どのが足を傷めておられるのは存じていたが、桑山どのと福田どのも足のどこかを、田辺どのはおそらく右腕が上げられず、朱田どのは腰か背中を痛めておられるのではあるまいかと……。さように皆であちこち傷めておられるということは、修練でかなりな無理を強いられているのでござろうて」

実は配下の小人目付からの報告で、丸山のやりようが過酷なことを知っているから、よけいに皆の怪我の様子が目についたというのが本当のところなのだが、どうやら皆、自分の痛い部分を言い当てられて、心底、驚いているらしい。

それまではずっと黙っていた皆のなかから桑山が、ようやく自ら話し始めた。

「御目付さまとおっしゃいますのは、やはりかようにどんなことでもお見通しになられるのでございますね……」

「ではやはり修練で、足を傷めておられるか?」

改めて桐野が訊ねると、桑山は大きくうなずいた。

「左の腱《けん》を、ちと傷めてしまったようにてござりまする。ただ、何と申しましょうか、我ら番士が武芸をば磨きますのは当然のことにてございますし、別段これが、組頭さまのせいという訳でもございませんので……」

「したが、そうして修練に力を入れるばかりに身体を壊して、城の警固の当番に支障《さわり》が出ているようなれば、本末転倒というものでござるぞ」

横手から言ってきたのは、十左衛門である。

「これまでは倅といえども書院番方の勤《つとめ》めのことにてござるゆえ、『ちと妙だ』と思うても、いっさい口は出さなんだが、大昔の儂《わし》が書院番におった時分と比べると、やけに警固の当番が早くまわってきているようであったからな。おそらくは修練での怪我人に休みが多く出て、人手が足りんようになっておるのであろう。どうだな、桑山どの。違うか？」

「…………」

あまりにずばりと指摘をされて桑山が返す言葉を失っていると、横で笙太郎が代わりのように、こんなことを言い出した。

「では毎朝、『今日は城か？　修練か？』と、必ずやお訊ねになるのは、それがためにてございましたか……」

「まあな」

「…………」

と、なぜか今度は笙太郎が黙り込んで、ぷうっと、わずかに唇を尖らせるようにしたのを、桐野仁之丞は見て取った。唇を突き出しているだけではなく、両方の頬もふくらませているから、まるで幼い子供がふくれっ面をしているようである。

父親の言葉の何にふくれているかは判らないが、「ご筆頭」と「笙太郎どの」父子《おやこ》の日常を垣間見たような気がして、桐野は微笑《ほほえ》ましい気持ちになっていた。

だがそんな桐野の笑みに、父子はいっこう気づかぬようで、それが証拠に横で十左衛門がまた言い出した。

「して桑山どの、お勤めに支障の在《あ》りや無《な》しやの話だが、いかがにござる？」

「……ご慧眼《けいがん》、感服をいたしました」

桑山は手をついて頭を下げたが、すぐに真っ直ぐ目を上げてきた。

「けだしこの『支障《さわり》』がほうも、決して丸山さまの落ち度という訳ではござりませぬ。番方の勤めであれば、己が身の限界くらいは知っておるべきにてございましょうし、責任《せき》はおのおの自身で取らねばならぬものかと……。それゆえどうか、今のこの支障が原因《もと》で、丸山さまのご出世に歯止めのごときがかかりませぬよう、お願いをいたしたく……」

「…………！」

と、危うく驚きの声を上げそうになって、十左衛門は、どうにかこらえた。

どうやら桑山ら番士たちは、自分たちがここに呼ばれたその理由《わけ》を、「組頭の丸山に出世話が持ち上がり、そのために目付方が身辺調査をしているもの」と、そう思っているらしい。

そういえば昨夜あの時、笙太郎は「なるほど！　さような御用にてございましたか」と、一人合点をしておったから、おそらくは「出世話のための身辺調査」と勘違いをして、皆にもそう広めたのであろう。

つと見れば、桐野も横でそう気づいたものらしく、十左衛門《こちら》に小さくうなずいて見せている。

そうして桐野は会話《はなし》の先を引き取って、前に出た。

「ご安心くだされ。番方の組頭が、組内の武芸練達を志すのは、当然のことにてござるゆえ」

「はい。有難うございます。そのお言葉をうかごうて、安堵いたしました」

本気でほっとしたのであろう。桑山は自分のすぐ横にいる田辺や、後ろに居並んでいる福田と内山、竹内や朱田らと振り返って、「よかったな」とでもいうように顔を見合わせている。

そうして後はしばしの間、「丸山さまには、娘さまがお二人いるらしく……」とか、

「以前、弓術《ゆみ》の修練の際に、丸山さまにお褒めの言葉をいただきまして……」だのと、当たり障りのない丸山についての情報が、他の番士たちからも次々に報告をされたのだった。

九

妹尾家での面談から、十日ほどが経った日のことである。

小人目付の野中蚕五郎らとともに、丸山の身辺を探っていた本間から、「桐野さまに、一度是非にも見定めていただきたいことがございまして……」と、桐野は呼び出しを受けていた。

今、桐野と、本間ら配下たちが隠れているのは、番町にある丸山の屋敷の門を見渡せる位置にある『辻番所』のなかである。

家禄千二百石の丸山家の拝領屋敷は、広大な番町のなかの「表四番丁《おもてよんばんちょう》」と呼ばれる通り沿いにあり、何十軒もの武家屋敷がこの通りの左右にびっちりと建ち並んでいるため、屋敷の外に出入りをしようとすれば、必ずこの表四番丁の通りを歩かねばならないことになる。

辻番所の番人たちには「目付方《こちら》の御用の筋だ」と断りを入れたうえ、「この近所に何ぞかあれば、すべて目付方が対応をするから……」と安心させて、一時的に人払いをかけてある。

それゆえ今ここにいるのは、桐野と本間のほかには、野中ら小人目付が数人だけであった。

「それらしき者らが出てまいりましたのは、二度ともちょうど今ほどの、日の暮れ刻にてございまして、飯田町中坂《いいだまちなかさか》の飯屋で夕飯を喰いましてから、裏道にある炭屋《すみや》の蔵へ、するりと入っていきました。おそらくは蔵内《なか》で賭場《とば》でも、開かれておりますことかと……」

桐野にそう報告をしているのは、本間柊次郎である。

少し前から、二人は丸山の屋敷の門に、懸命に目を凝らし続けていて、それはこの後、あの門から出てくるかもしれない中間《ちゅうげん》たちのなかに、見たことのある顔を見つけなければならないからだった。

昨日の夕刻、本間が野中ら小人目付たちとともに目撃したのは、くだんの嘘八百の町人五名のうちの三名、「又治郎」と「周助」と、あの爪の青かった「与八」で、なんと丸山家の屋敷の門から、今度は中間の姿になって現れたのだ。

そも本間や野中が丸山家を注視するようになったのは、紺屋町の聞き込みで手がかりを得た「与八」の行動を追って、行き着いたからだった。

与八はいかにも遊び人という風で、昼間から大酒を飲んで酔うような暮らしぶりをしていたが、ある日ふらりと武家町の番町のほうへ足を向けたかと思ったら、「表四番丁」の通り沿いにあった丸山家の拝領屋敷に入っていったのだ。

これが昨日の昼日中のことである。

そしてそのまま与八は屋敷内《なか》に入りっぱなしであったのだが、夕方、もうそろそろ日が暮れるという頃合いになって、屋敷の潜《くぐ》り戸から外に出てきた七、八人くらいの中間たちのなかに、なんと与八も混じっていたのだ。

おまけに更に驚いたことには、その七、八人の中間のなかに、「又治郎」と「周助」らしき二人の男までが見つかったのである。

あの五人の男たちの顔や姿を知っているのは、本間のほかには桐野だけで、それゆえ今日、「桐野さまのお出まし」を願ったという訳だった。

「あっ、中間たちが出てくるようにてござりまする」

丸山家の門の潜り戸が動き出して、野中蚕五郎の言う通り、中間たちがバラバラと、潜り戸を抜けて外の通りに現れた。

「どうだ、柊次郎。いるか？」

訊いたのは桐野で、だが本間柊次郎も、まだ一人も見つけられない。

「いやどうも、皆なかなか、はっきりこちらを向きませんので……」

「ああ……」

と、一度は言いかけた桐野が、「あっ！」と小さく声を上げた。

「いま出てきた大きな奴は、又治郎ではないか？」

「やっ、そうでございまする！　痩せてひょろりと背の高いあの男、たしかに『又治郎』という奴で……！」

そう言ううちにも中間たちは皆でぞろぞろと歩き出して、人気《ひとけ》のない武家町の通りを、飯田町のほうへと進んでいく。

その中間たちのあとを追い、桐野と本間は、目立たぬよう野中だけを引き連れて、尾行を始めた。

ここは武家屋敷ばかりが建ち並ぶ路上であるから、旗本とその従者二名というふりをして、わざと堂々と道に姿を現して、ゆっくりと中間たちのあとを追って歩いていくのである。

表四番丁と呼ばれるその長い通りを北東の方向へと進んでいくと、九段坂《くだんざか》からの大通りに突き当たる。中間たちはその大通りを渡って、向こう側に広がる飯田町の町場へと入っていった。

「たぶんこの先の飯屋に入ると存じまする。昨日と同じであるならば、そこで半刻《はんとき》（約一時間）ほど飯を喰って酒を飲み、時間《とき》を潰しましてから、くだんの炭屋へと向かいますはずで……」

そう言った本間の予想の通り、中間たちは小店《こみせ》の前まで来て立ち止まった。

「あっ、おりました！　今、店の戸に手をかけたのが『周助』で、その右におりますのが『与八』にてございましょう？」

「おう、そうだ！　あの顔は、周助と与八だぞ」

周助と与八、それにさっき見つけた又治郎も含めた中間八人は、そのまま店へと入っていき、昨夜同様、半刻ほど経ってから、ほろ酔いの風情を見せながら店の外へと現れた。

店を出て、坂になった飯田町の大通りを東へと下っていくと、『田安稲荷《たやすいなり》』と呼ばれる稲荷神社がある。中間たち一行は、その稲荷の前も行き過ぎて、さらに先へと下っていったが、右手につと現れた小さな仕舞屋《しもたや》の角を曲がると、暗がりになった路地へと入っていった。

大通りには通行人《ひと》が多いが、横道のこの路地のほうには、皆まったく曲がっていかない。路地を進んでいく後ろ姿は、中間たちのものだけで、もしこの道に「旗本と従者二人」の格好の自分たちが足を踏み入れてしまったら、あの中間たちと同様に、賭場の客となるよりほかに方法はなさそうだった。

だが賭場で中間たちと顔を合わせてしまったら、与八や又治郎や周助に「あれは、あの時、料理屋で、俺たちの名を訊いてきた目付たちではないか？」と、ばれてしまうかもしれない。

やはりこの仕舞屋の陰から見張って、中間たちが昨日と同様に炭屋の敷地のなかに入っていくか否かを見極めるしかなさそうだった。

「炭屋の場所なら、昨夜、確かめてございますので、大丈夫なものかと……」

「ああ……」

本間の言葉を信じて、桐野は待つことにした。

昨夜も本間は野中と二人、武家奉公の侍と中間のような格好をして、与八ら中間たちが消えていった炭屋の前から、奥に続いた敷地の内部《なか》を窺っていたのだが、すると、しばらくして後ろから遊び人風の町人二人が現れて、「この奥の、蔵んなかでごぜえやすよ」と、にんまりと声をかけてきたというのだ。

そのにんまりで本間たちは、これはおそらく蔵《なか》は賭場に違いないと気づいて、「いや、今日は……」と、わざと臆病な賭場客のふりをして逃げ帰ってきたというのだ。

「『肝っ玉の小せえ三一《さんぴん》だぜ』と、後ろで嗤《わら》われましたので、あの炭屋で賭場が開かれているのは間違いないと思うのですが……」

本間がそう言いかけたところで、中間たちの歩いていく影が、路地の途中でふいっと消えた。

「おっ、あそこか？」

桐野が言うが早いか、野中蚕五郎が横手から、

「ちと、確かめてまいりまする」

と、暗がりの路地へと駆け出していく。

「どういたしましょう、桐野さま。私たちも賭場客のふりで踏み込めば、与八らを捕らえることもできましょうが……」

「いや、万が一にも逃げられてしまったら、もう二度と丸山の屋敷には戻るまい。そうなったら、丸山とあやつらの関わりようも探れぬようになるからな」

「さようでございますね。では今は、このまま奴らが賭場から出て、丸山の屋敷に戻

るまで見届けましたほうが……」

「うむ。明日にでもご筆頭から町方へとお声をかけていただいて、万全の形で、賭場を丸ごと捕らえたほうがよかろう。ただそれには、あやつらに、明日また賭場に来てもらわねばならんが……」

「はい……。三日続けて賭場通いができるほど、あやつらに金の持ち合わせがありますかどうか……」

「そこだな」

桐野と本間がそんな話をしている間に、野中が場所を確かめて戻ってきたが、やはり昨日の炭屋で間違いはないという。

「なれば、どこぞか、この通りにある飯屋か居酒屋にでも入って、通りに奴らが戻ってくるのを待ちながら、飯でも喰うか？」

「さようでございますね」

と、今度ばかりは本間の声にも、正直に嬉しさが出た。

こうして桐野ら三人は、予定の通り、与八たちが再び番町の丸山の屋敷に戻るまで、見届けたのだった。

十

桐野から報告を受けた十左衛門が、その足で、急ぎ「今月が当番の南町奉行、牧野《まきの》大隅守成賢《おおすみのかみしげかた》」のもとへと向かったのは、翌日のまだ昼にもならない頃であった。

賭場と判っているのなら、一つでも悪所を世間から駆逐できるよう、そうした悪党の捕縛に長《た》けた町方に頼んで、胴元から丸ごと捕らえてもらったほうがよかろうと思うが、今こちらの仔細を話した通り、どうしても捕縛して丸山家との関わりや、本当に荒稼ぎの賊であるか否かを白状させなければならない中間たちが混じっている。

ひいては、どうか、目付方の者を幾人か炭屋の見張りに就かせていただいて、与八たちが賭場に入ったところを見計らってから、「いざ捕縛」という段取りにしてはいただけまいか、というのが十左衛門の行った交渉である。

幸いにして、南町の奉行・牧野大隅守とは、これまでも幾度か顔を合わせて話をしたこともあったため、その段取りで快諾してもらえることとなり、再び与八ら三人が賭場に向かった五日目の晩、とうとう見事、与八たちも含めた賭場の男たち全員を捕縛するに至ったのであった。

そうしてその翌朝、まだ丸山楚一郎が城の勤めに出るより前に、十左衛門は桐野と本間を引き連れて、番町の丸山家を急訪したのである。

まるで寝込みを襲われるような形となった丸山楚一郎は、どうにか平静を装って、十左衛門ら目付方を客間へと通してきたが、さすがに「愛想がいい」という訳にはいかない。以前は直に「目付の筆頭」と対談《はなし》をしたがっていた丸山も、今日は不機嫌を前面に出していて、満足に挨拶もせぬまま、客間で向かい合っていた。

「して、御用の向きは、何でございましょう？」

突っかかってくるような丸山に、十左衛門は真っ直ぐに目を合わせると、淡々と話し始めた。

「貴家のご家臣である『与八』に『又治郎』、『周助』の三名にてござるが、昨晩、飯田町の炭問屋『増田屋《ますだや》』の蔵の内《うち》にて、違法の賭博《とばく》をいたしておったところを町方と目付方《こちら》にて合同で捕縛したゆえ、さようお心得いただきたい。ひいてはその三名について、是非にもうかがわねばならぬ次第がござれば……」

「何でございましょう？」

と、丸山は十左衛門の話を打ち切らんばかりに、重ねてきた。

「ただまずは、さような名の中間どもが我が丸山家におりますか否か、用人《ようにん》にでも訊ねてみないことには判りかねますがな」

「与八と又治郎と周助なる者が貴家の中間であるのは、一片の疑いもなきことにてござるよ。まずはこちらの桐野どのが、昨晩このお屋敷から先《さき》の三名が出てきたところを、目の当たりにしておられる。重ねて言えば、その五日ほど前の晩にも、そのまた前日にも、与八らが他の貴家のご家臣らとともに、お屋敷の潜り戸を抜けて飯田町に出向いていくのを、当方《とうほう》は、しかと見届けておるのでな」

「…………！」

と、丸山は唇を噛んで、何やら必死に考え始めたようだった。

丸山が、あの三人を「知らぬ」と言いたいのには、理由《わけ》があるはずだった。

本来であれば、たかが自家の中間が賭博をしたというだけなのだから、「相済みません。拙家の家臣が、とんでもないことをいたしました。当主である私の監督不行き届きにござりまする」とでも謝って、あとは幕府の沙汰が如何なるものか、待つだけでいいのだ。

むろん、何の咎《とが》めも受けずに済むという訳ではないが、賭博したのが当主本人や嫡子でなければ、たぶん、さほどの罰ではない。

ことに、こたびは家臣といっても中間が起こした事件《もの》なのだから、本当ならば、こんなに青くなって言い訳を考えずともいいはずなのだ。

だが今、目の前にいる丸山楚一郎は、離れた場所から見ても判るほどに、だらだらと顔に汗をかいている。

そんな丸山を見て取って、横手から桐野が口を開いた。

「僭越ながら、ちとよろしゅうございましょうか」

「うむ」

と、答えた十左衛門と視線だけでうなずき合うと、桐野はいよいよ担当の目付らしく、丸山と相対で話し始めた。

「丸山どのもご存じの通り、それがしは、以前、四谷の料理屋にて『与八』『又治郎』『周助』ら三名に、しっかと会《お》うてござりまする。それは、この徒目付の本間柊次郎も同様でございまして」

「…………」

丸山は、視線をずらすように目を伏せて、何も言わない。ただ汗がよけいに玉となって吹き出してきたものか、手の甲で、額をぬぐい始めた。

「あの際は、たしか与八も又治郎も周助も、版木彫りの『彫芳』に勤める職人でございました。しかして、この本間が調べましたところ、彫芳にはさような職人は一人もおらず、けだし本間は料理屋のあの席で『与八の爪が藍で染まっていた』のを見て取っておりましたゆえ、以後は当方、調査《しらべ》を紺屋町に変えまして、与八が元は紺屋の職人で『染長』におりましたことを突き止めるに至りまして……」

その後の調査はこうなって、こうなって、と、桐野仁之丞は獲物を追い詰めるようにして、どんどん先を続けていった。

そうして長い話の山場として、こう言ったものである。

「『与八』『又治郎』『周助』の三名と、すでに大金《たいまい》・十両をもらって何処《どこ》ぞに消えた『紋蔵』と『駒吉』の二名は、貴殿・丸山楚一郎どのよりそれぞれ十両にて雇われ、四谷傳馬町の裏路地にて荒稼ぎの賊を装い、市中巡回の大番組頭・加納久仁左衛門どのをば窮地に陥れるべく『大立ち回り』をいたしましたこと、すでに明白にてござる。さよう、お心得のほどを……」

今月当番の南町奉行所内において、すでに与八ら三名はすべてを白状したのだが、まずはもともと丸山家の中間であった又治郎と周助が、主人である丸山に呼び出されて、こう命じられたのが始まりであったという。

「誰ぞ幾人か、金に困っている男たちを集めてまいれ。おまえたち二人も含め、それぞれに十両やるゆえ、四谷傳馬町の裏手あたりで追い剝ぎのふりをして、通行人《ひと》を二人ばかり襲って欲しいのだ……」

襲われる者らについては、すでに他者《ひと》を頼んであるから、おまえたちは追い剝ぎらしく「金を出せ！」と脅して五人で囲み、一つ、二つ、殴ったり、蹴ったりしてみてくれればよい。

ただしその小芝居は、人目のない裏路地ながら昼日中にしてもらうゆえ、そのあと一度は江戸城《しろ》の大番の番士らに、「賊」として捕まりそうになるであろう。だが、その瞬間を見澄まして丸山自身が現場に駆けつけ、捕縛をされぬよう必ずや守ってやるゆえ、安心しておればいい。

だが一点、その際にはお互いに「見ず知らず」を装わねばならぬ。あくまでも「初めて会ったお武家さま」として、丸山《こちら》を扱え。まかり間違っても、「殿《との》！」なんぞと呼ぶではないぞと、そう言われたらしい。

そうして又治郎と周助は、人数《ひと》集めの賃金として、十両とは別に一両ずつを丸山からもらい、賭場仲間の与八、紋蔵、駒吉の三人を誘って、荒稼ぎの芝居をするに至ったというのだ。

「この仔細につきましては、すでに又治郎ら三名が、自ら口書《くちがき》（調書）に爪印《つめいん》（拇印）もいたしてござるゆえ、今更に『知らぬ存ぜぬ』とお言い立てになられても、ご無理というものにてございましょうな。ご観念なさるがよろしかろう」

「………！」

丸山は、一瞬ぐらりと身体を揺らして、両手をはたと膝の前の畳についた。

だが、しばし待っても、頭を下げてくる様子はない。ただただ両の手のひらを、徒《いたずら》に畳についているだけの丸山楚一郎に、横手から十左衛門が、目付方の筆頭として改めて訊問した。

「何ゆえに、かような真似をばなされたのだ？　この先、たとえば加納どのが書院番の組頭に入られたからとて、別に大した関わりはなかろう。大金《たいまい》をはたいて無頼の輩を使《つこ》うてまで、なぜ要らぬ画策などなされた？」

「……要らぬ画策ではござらぬ。今ここで除《の》けておかねば、必ず将来《さき》の邪魔になる」

「将来の……？」

十左衛門の問いに、丸山はうなずいてきた。

「もしこの先、『先手頭《さきてがしら》』か、どこぞ『遠国《おんごく》の奉行』でも空けば、次には必ずこの儂がそこに上がると、おおよそ決まっておったのだ。したが、あやつは、ご老中方の気に入りだ。儂が懇意の方々が、どれほど儂を推薦《お》したところで、どうにもならぬ」

先手頭というのは、幕府の先鋒部隊となる『弓組』や『鉄砲組』の長官のことで、役高は千五百石であるから、役高千石の書院番組頭から上がれば、一気に五百石もの出世となる。

同様に、長崎《ながさき》や大坂、京や佐渡《さど》、日光《にっこう》といった幕府直轄の遠国の重要地を預かる奉行の職も、場所により役高にバラつきはあるものの、そのあとの出世の礎《いしずえ》となるのは確実な役職であった。

たとえばこの先、先手頭の誰かが引退して、その席が空いた際に、現職の先手頭たちが「書院番組頭の丸山どのなども適任でございましょう」などと、挙《こぞ》って上役である『若年寄方《わかどしよりかた》』に推薦すれば、丸山が選抜の候補の一人として名を挙げてもらえるのは確実なことである。

もし丸山が出世の推薦を受けるために、そうして誰かに賄賂《わいろ》を贈ったのであれば、それは不正な猟官運動であるから、目付としては放っておく訳にはいかない。

十左衛門は、顔を険しくして身を乗り出した。

「では貴殿、『御先手』や『遠国の奉行』に賄賂《まいない》でも贈って、出世の根まわしをなされたか？」

「ふん。賄賂なんぞを贈ったら最後、必ずや、そなたら目付に捕まるではないか。だから余計に苦労いたしておるのだ」

あからさまな猟官運動にならぬよう、あえて高額な金品は贈らず、あくまでも控えめに「ご挨拶」程度の品にして、その代わり相手の武家《いえ》の慶事や法事に事細かに気を配って、心尽くしのお付き合いを続けるのである。

そうして自然に「お仲間」に入れてもらえるよう、これまでずっとコツコツと努力をし続けてきたというのだ。

「……ちとよろしいか、丸山どの」

と、丸山の「苦労話」に横手から声をかけてきたのは、桐野仁之丞のほうだった。

「貴殿、お心を尽くす相手を取り違えておられるぞ」

「なに？」

これまでの努力を否定されて、カッと瞬時に顔色を変えてきた丸山に、桐野は言い聞かせるように話し始めた。

「その細やかな気配りを、現在《いま》まさに貴殿のもとについておられる組下のご配下たちに向けられておれば、自然、誰もがご貴殿を信頼して、『人品骨柄の素晴らしきあの丸山どのなれば、どこに推薦をいたしても間違いはないから……』と、誰ぞ格別に頼らんでおっても、順当に出世の声はかかるものにてござろうよ」

「………！」

と、とうとう丸山が、畳に伏せるようにして顔を隠した。

見れば、丸山の背中は揺れていて、今にも嗚咽が漏れ出してくるようである。

そんな丸山楚一郎を、十左衛門も桐野も本間柊次郎も、黙って待ち続けてやるのだった。

十一

将来の自分の出世を画策し、そのために邪魔になりそうな加納久仁左衛門を罠にかけるような真似をした書院番六組の組頭・丸山楚一郎昭義は、「切腹」と相成った。

加納を陥れようと画策した事実が、広義に解釈すれば『詐欺《さぎ》』の罪に当たるとして、「幕臣武家としてはあるまじき、恥知らずな行為である」と、当人・楚一郎は切腹のうえ、お家も断絶となったのである。

ただ一点、丸山家にとって不幸中の幸いといえたのは、楚一郎の子供二人が息子ではなく、娘であったことだった。

もしこれが息子であり、十五歳以上であったとしたら、父親の罪の『縁座《えんざ》』で島流しになってしまう。

むろん丸山家は取り潰しとなるのだから、妻も二人の娘たちも路頭に迷うことにはなるのだが、江戸には妻の実家をはじめ親類縁者もいるであろうし、女三人、必死で力を合わせれば、どうにか生きていけるに違いない。

一方、すでに町方に捕らえられていた与八、又治郎、周助の三名に加えて、別の町に移って博打三昧《ざんまい》の暮らしをしていた紋蔵と駒吉も捕まって、五名は博打の常習犯であるうえに、十両もの大金をもらって詐欺の片棒を担いだ罪が重なったため、「打ち首（首切り）」と沙汰が決まった。

さらには丸山が五両の金で雇ったという、荒稼ぎの被害者役の町人二名も捕らえられて、こちらは細竹二本を麻紐《あさひも》で巻いた特製の笞《むち》で「百敲《ひゃくたた》き」にされたうえ、腕に二筋「入墨《いれずみ》」もされて終わった。

与八ら五人と、この二人に対しての沙汰に、これほどの格差があるのは、詐欺の罪で得た悪金の金額に、十両と五両の差があるからである。

そも幕府は、他者《ひと》から不正に金を奪い取ることを重罪と捉えていて、たとえばただの窃盗《ぬすみ》であったとしても、十両以上の金品を盗った時点で、基本「打ち首」となった。

これは詐欺についても同様で、詐欺をして十両以上を手にすれば「死罪」、それに満たない金額であれば、一度目の犯罪時にかぎり、「百敲き」と「入墨」だけで、命は取られずに済む。

一方、博打の罪のほうは、幕臣武家が賭博をすれば、自分を律することができない破廉恥な行為として、即「死罪」となってしまったが、武家以外の町人や百姓には、格段に沙汰が甘かった。

たとえば、まだ一度目であれば、「もう二度といたすでないぞ」と、幕府の役人から厳重に叱られる「屹度叱り《きっとしか》」で大抵は済み、二度目でようやく「家財没収」や「敲き」の刑になるのだが、三度目以上で捕まったところで、江戸の町から追放される「江戸払い《えどばら》」で済んでしまうのだ。

それゆえ、つまり与八ら五名が「打ち首」となったのは、十両をもらってあの芝居をしたからで、丸山に出会ったりさえしなければ、みな命を落とすことはなかったということである。

こうして丸山楚一郎と町人七人すべての処罰が済んだのは、おおよそ半月ほども経ってからのことであったが、実はその頃にはもうすでに、新しい「組頭さま」が笙太郎らの所属する書院番六組に着任していた。

元は大番組頭であった、加納久仁左衛門匡尚である。

最初、加納は「書院番四組の組頭に……」と推薦されていたのだが、四組の組頭が引退をするより前に、六組の丸山がこんなことになったものだから、一足先に組頭が「不在」となってしまった六組のほうに、加納が任じられることと相成ったのだ。

「いやもう、父上。まこと、こたびの加納さまは、実にもって朗らかで、お優しいお方でございましてな。『これはもう何といたしましても、加納さまのお顔に泥を塗る訳にはいかないから……』と、私どもはみな精一杯に、武芸の鍛錬にも、お勤めのお当番にも、励んでいる次第にございまして……」

江戸城《しろ》から帰宅したばかりの十左衛門を相手に、いくらでも喋り続けているのは、言わずと知れた笙太郎である。

書院番六組の組頭として、加納が組下の番士五十名と、与力十名、同心二十名を前にして、初出勤の挨拶をしたのが十日ほど前のことで、つまりは組頭になってからわずか十日で、もうすっかり配下たちから慕われているということだった。

ことに妹尾家の笙太郎などは加納に心酔している風で、近頃は口を開けば、「加納さまがこう言った。加納さまが誰々に、こんな風にお優しく有難きことをしてくださった」と、屋敷《いえ》での会話はそればかりで、聞き手側の十左衛門は、さすがにいささか食傷気味になっている。

「今は私、『騎射挟物御覧』に加え、やはり『大的御覧《おおまと》』のほうにも選出していただけるよう、歩射《ぶしゃ》の稽古に力を入れておりまして……」

歩射というのは、騎射に対しての言葉で、「馬には乗らず、地に足をつけた状態で的を射ること」をいい、その歩射の武芸披露のなかでも、年に二、三度、上様の御前で行われるのが『大的御覧』であった。

大的というだけあって、的の直径は五尺二寸（約百五十八センチ）もあるのだが、三十間《けん》（約五十四メートル）も離れた場所から狙わねばならず、おまけに六射、連続で射るのを、三回も行うため、腕の疲労や集中力の持続との闘いとなり、見事に全射的中させるには、相当な鍛錬が必要であった。

それゆえ『大的御覧』ですべて矢が当たった者には、上様より『時服』が下されることになっている。

この大的御覧に、加納も二十代の若い頃、五回も選出されて出場し、そのたびに全射的中を果たしていたため、笙太郎ら組下の番士たちの歩射熱も、必定、上がるという訳だった。

「加納さまはお若き頃にお仲間から、『鷹目《たかめ》』と渾名《あだな》をつけられておられたそうで、鷹のごとくに目が良くて、三十間先の大的くらいは、はっきりと見えたそうにてございまして……。たぶん大坂城でのお手柄の際にも、それで遠くの火付けの賊を見事に見つけられたのではございませんかと……」

「…………」

さっきから話しているのは筆太郎のほうだけで、十左衛門はまだ一言も、相槌《あいづち》すら打ってはいない。

だが、まさしく口から生まれたに違いないこの「倅」は、父親《こちら》が未だ声を発していないことにも、いっこう気づいていないのではないかと思われた。

それでもこうしてこのお調子者が怪我もせず、愉しげにしているのを眺めていると、親としては、やはり何よりほっとする。

そんな親心を知ってか知らずか、筆太郎は、奥の座敷に移動する十左衛門を追いかけて、まだ話し続けるのだった。

第二話　中奥《なかおく》勤め

一

江戸城の本丸御殿は広大で、建坪でいえば一万一千三百坪あまりもある。

その巨大な建物を玄関に近い場所から順番に、『表《おもて》』『中奥《なかおく》』『大奥《おおおく》』と三つに分けて使っているのだが、一番手前の「表」と呼ばれる部分は城勤めの幕臣たちが働く役場になっており、一番奥の「大奥」は『御台所《みだいどころ》（上様の正妻）』をはじめとした女人《にょにん》たちが暮らす場で、その「表」と「大奥」どちらとも繋がる形で本丸御殿の中央に位置しているのが、上様のお住まいである「中奥」であった。

この中奥に勤めて、上様の身のまわりに関することだけを専門に行っているのが、「中奥勤め」などとも呼ばれる側近たちである。

大名身分の側近が務める『側用人《そばようにん》』を長官として、役高五千石の『御側御用取次《おそばごようとりつぎ》』が三名と、同役高の『平御側《ひらおそば》』が四名、次には役高千五百石の『小納戸頭取《こなんどとうどり》』が六名おり、その下に、今は役高五百石の『小姓《こしょう》』が二十八名と、同じく役高五百石の平《ひら》の『小納戸』が八十四名いた。

現在《いま》の中奥は、側用人の「田沼主殿頭意次《たぬまとのものかみおきつぐ》」が『老中格（老中見習い）』を兼任していて中奥を留守にすることも多いため、次席の御側御用取次・三名のなかでは一番の古株で、今年七十八歳になった「松平因幡守康郷《まつだいらいなばのかみやすさと》」が、小姓や小納戸たちを率いて中奥全体を監督している。

毎朝の理髪や食膳から始まる上様の御身まわりの雑用は、小姓や小納戸たちがそれぞれの担当ごとに、一日交替の当番制で行っているのだが、三月になって間もないある日のこと、その中奥の小納戸の一人が、なんと本丸御殿内の一室で「切腹騒ぎ」を起こしたという報せが、目付部屋に入ってきた。

急ぎ駆けつけていったのは、目付部屋で書きものをしていた「荻生朔之助光伴《おぎゅうさくのすけみつとも》」であった。この荻生は目付になる前、長く小納戸を務めていて、目付のなかでは一番に中奥の内情に詳しいため、担当となったのである。

その荻生を案内しているのは『表坊主《おもてぼうず》』の一人であったが、こうした坊主たちはいわば「本丸御殿の執事《しつじ》」のような存在で、日々諸々《もろもろ》の雑用をこなしながら、御殿のなかをあちらへこちらへと忙しく歩きまわっているのが常なため、今日のこの騒動《さわぎ》のことも、偶然に聞きつけたということだった。

現場となった小座敷は、小納戸方の下部屋《したべや》だそうである。一般に「下部屋《した》」というのは、城に勤める役人たちが登城してきた直後や、勤務を終えてこれから帰宅しようとする際に、着替えや雨風などの身支度《みじたく》に使用する小部屋なため、どの役方《やくかた》の下部屋も、本丸御殿の東側にある役人専用の出入り口のすぐそばにあった。

「して、生死は？」

下部屋に向かって廊下を急ぎながら荻生朔之助が訊ねると、すぐ横でともに小走りになっている表坊主は、「それが……」と手を横に振ってきた。

「たまたま前を通りましたら、『なぜ切腹なんぞいたしたのだ！』とそう聞こえましたので、慌てて外から『どうなさいました？』とお訊きしたのでございますが、『何でもない。入るな！』と、室内《なか》のお方に叱られてしまいまして……」

「…………」

荻生は顔を顰《しか》めると、いよいよもって足を速めて、ほどなく現場の下部屋の前へとたどり着いた。

「目付の荻生朔之助である。おのおの方、すまぬが、開けるぞ」

「えっ！」

「いや、あの……」

とたん室内《なか》から慌てた声が幾つも重なって聞こえてきたが、荻生は構わず襖を引き開けて踏み込んだ。

「………？」

だが室内は、「切腹」と聞いて想像していた光景とは、まるで違っていた。

なかには全部で四人ほども小納戸らしき男たちが集まっていたのだが、腹から血の流れるような惨《むご》たらしい様子は毛ほどもなくて、ただ一人、まだ十七、八と思しき若者の着物の前の合わせが、ひどく乱れているだけである。

荻生は、その若者には見覚えがなかったが、他の三人のうちの二人とは、かねてよりの知り合いであった。

「剣持《けんもち》に、澤田《さわだ》ではないか。一体、どうした？」

「荻生さま……」

名を呼ばれた小納戸二人からすれば、荻生はかつての先輩であるうえに、今では役高が小納戸の倍にもなる「御目付の荻生さま」である。その荻生に問われたからには答えぬ訳にはいかないと覚悟をしたらしく、まずは「剣持」と呼ばれた三十がらみの小納戸のほうが、口を開いてきた。

「お騒がせをいたしまして申し訳ござりませぬ。ですが、まことに、大したことではございませんので……」

「したが『なぜ切腹した？』と、室外《そと》まで声が聞こえたというぞ。何ぞ、そちらの若い者が、しかけたのではないのか？」

くだんの若者の着物の乱れは、いかにも腹を切る際の、着物の開《はだ》け具合である。

荻生の視線がぴたりとそこに合っているのを見て取ったか、剣持が諦《あきら》めた顔をして動き始めた。

「こちらにて、ござりまする……」

そう言って剣持が見せてきたのは、若い男の腹である。未だ子供っ気の抜けない、細身で浅黒い貧弱な腹であったが、臍《へそ》の斜め上のあたりに、たしかに「切腹のやり始め」であろうと見える傷があった。

とはいえ傷はごく浅く、血の滲《にじ》みもないほどのもので、見たところ一寸《いっすん》（約三センチ）にも満たないようである。おそらくは剣持ら周囲の三人がすぐに気づいて、止めたのではないかと思われた。

「大事《だいじ》にならず、まずは良うござったが……」

ほっとして荻生は小さく息を吐くと、その先は目付らしく訊問《じんもん》を始めて言った。

「して、何があったのだ？　そも、そなた、名は何と申す？」

「…………」

だがその者は答えずに、うつむいて唇を固く噛んでいる。

その様子を見て、横手から剣持が代わりに答えてきた。

「『三谷佑之進《みたにすけのしん》』と申す者にてござりまする。小納戸となりましたのは、去年、長月《ながつき》（九月）のことにてございまして」

「なれば、まだ中奥に入って半年というところか」

「はい。日頃はこの私どもとともに、たいていは『一番頬《いちばんづら》』のほうで当番を務めておりまして、今日も当番を終えましたゆえ、これよりおのおの帰ろうというところにございましたのですが……」

剣持の言った「一番頬」というのは、上様にお仕《つか》えする際の、当番の組み分けのことである。

組み分けは小姓を基本《もと》としているのだが、二十八名いる小姓を半分に分けて、一組《ひとくみ》目《め》を「一番頬」、二組《ふたくみ》目を「二番頬」とし、その一頬《ひとつら》・十四名をさらに二つに分けたうえで、まずは七名が半刻《はんとき》（約一時間）だけ、上様のお側近くで勤めたら交替し、次には残りの七名が当番となって、あれこれと上様のお側で雑用をこなすという配分になっている。

　その小姓の配分に合わせて、小納戸たちも八十四名を二組に分けており、一組目の四十二名のなかに剣持や澤田、三谷らここにいる四名も入っているということだった。

隔日番（一日おき）の交替の時刻は、昼に間近い四ツ半刻（午前十一時頃）である。

したがって一番頬の剣持たちは、昨日の昼の四ツ半刻に勤めに入り、小姓と同様、半刻ごとに小休憩を挟みながら夜通し勤めて、今日ついさっきの四ツ半刻に当番を終え、それぞれに帰宅するべく、この下部屋に着替えに戻ってきたということであろうと思われた。

「したが、そうしておぬしらとともに下部屋に戻ってきたなら、どうして腹を切ろうとする前に気づかなかったのだ？」

　荻生が訊くと、剣持の横手から、さっき「澤田」と呼ばれた小納戸が、初めて答えて言ってきた。

「三谷はこちらに背を向けておりましたゆえ、着物の前を開けて、もぞもぞいたしておりましても、まさか刀を抜いているとは思いませず……」

ただ単に、先輩たちを前にして遠慮がちに後ろを向いて着替えているのだろうと、そう思っていたという。

「最初にお気づきになりましたのは、剣持さまでございました」

澤田はたしか二十五、六になるはずで、三十に近い剣持は、澤田からすれば先輩にあたる。今、目付の荻生から「なぜ腹に刀を当てる前に気づかなかったのだ？」と、わざ半ば責めるように問われたため、一番年長の剣持にその責任《せめ》が及ばぬようにと、わざとこうして言い立てたのかもしれなかった。

「剣持さまが『三谷！』とお声を上げられて、それで初めて私ども二人も気がつきまして、皆で立っている三谷を引き倒しながら、手から抜き身をようやくに取り上げましたので……」

「え？　ちと待て。なれば、おぬしは立ったまま、切腹しようといたしたのか？」

立ったままの切腹など、今の今まで噂《はなし》に聞いたこともない。さすがに荻生も驚いて、つい直《じか》に三谷佑之進に問いかけてしまったのだが、三谷はやはり何も答えずで、顔も上げない。

その三谷佑之進の目が、あらぬ一点を見つめて、宙に浮いたようになっているのを見て取って、荻生はこの案件のとりあえずの処置を瞬時に決めた。

三谷は必ずこの先も、今と同様、死のうとするに違いない。自害したがる原因が何であるのか判明し、三谷自身とこの案件とをどのように扱うべきかが定まるまでは、三谷が城内で切腹を試みた事実は、世間に知られてはならないと、そう思った。

やおら荻生は閉まった襖のほうを振り返ると、その襖の向こう側の、つまりは部屋の外に向かって声をかけた。

「先ほどの表坊主どのは、まだおられるか？」

「え？　あ、はい……」

さっき荻生が下部屋《ここ》に入ってきた時は、案内の表坊主は廊下に残したままだったから、まさかこうして声をかけられるとは思っていなかったのだろう。襖の外から答えてきた坊主の声は、慌てているようだった。

「申し訳ございませぬ。ご無礼は百も承知でございましたが、どうにも案じられまして、まだここに……」

「うむ。なれば、ちとこちらへ……」

言うが早いか、荻生は大きく襖を引き開けた。

「えっ？」

「いやあの、荻生さま……！」

三谷を庇《かば》って見られまいとして焦っている剣持や澤田ら三名を尻目に、荻生は表坊主を手招きすると、部屋に入ってきた坊主に向けて、わざと三谷を視線で指して、こう言った。

「見ての通り『切腹』と騒ぎはしたが、寸《すん》でのところでこの三人が押しとめたゆえ、血の一滴も流れてはおらぬのだ。一時《いっとき》は拙者もそなたと二人、大いに肝《きも》を冷やしたが、大事《だいじ》なく相済んで、まことに良うござった」

「はい。僭越《せんえつ》ながら、私もほっといたしました……」

そう言って、表坊主が微笑《ほほえ》んできたのを契機《けいき》に、荻生は一転、真顔になって坊主に訊ねた。

「御名《おな》をうかがおう。よろしいか？」

「あ、はい……。あの、表坊主の勝沼宗淳《かつぬまそうじゅん》にてござりまする」

「そうか、勝沼どのとおっしゃるか……」

荻生はうなずいて見せると、つと一膝《ひとひざ》にじり寄って、内緒話の体《てい》になった。

「この一件《こと》、もしやもう、どなたかにお話しか？」

「いえ！　とにかくもう、『切腹』などと耳に入ってまいりましたゆえ、まずは御目付さま方々にお報せをせねばと、それだけで精一杯でございましたので」

「さようか。いや、それは助かった……」

荻生はまたも、わざと大きくうなずいて見せてから、一段と声を潜《ひそ》めてこう言った。

「なれば勝沼どの、今日のこの一件《こと》、これよりは一切合切《いっさいがっさい》お忘れくだされ」

「え？　あの……」

と、目を丸くしている勝沼宗淳に、荻生は凛《りん》として言い放った。

「縦《よ》し、これが広まれば、『何ぞ上様の勘気《かんき》に触れたに違いない』などと、あらぬ噂が立つやもしれず、『ああだ、こうだ』と上様の御身についてが巷《ちまた》の噂になるなんぞということは、万が一にもあってはならぬ。すなわち、この一件については、なかったと思うて、心していただきたい」

「はい……。まことにもって、心して……」

そう言って、蛙《かえる》のように平伏して見せると、表坊主の勝沼は、小さく震えながら立ち去っていった。

その荻生の采配《さいはい》に、剣持ら三名も、顔つきを青くして言葉を失っている。

ほどなく三谷佑之進は、万が一にも再び自害を試みぬよう、目付方の配下数人を見張りにつけ、駕籠《かご》で自宅へと帰されたのだった。

二

三谷佑之進に目付方の配下をつけて帰宅させた後、荻生は剣持ら三人を今度は目付方の下部屋へと移動させて、訊問を始めていた。

調べたいのは、むろん三谷の切腹の動機である。それにはまず「三谷佑之進」という男がどういった人物であるのか、知らねばならない。その荻生の問いに答えて、最初に口を利いてきたのは、剣持であった。

「とにかく、しごく生真面目《きまじめ》で、おとなしゅうございまして……」

中奥勤めの小姓や小納戸たちは、上様のお側近くでお仕えするため、皆おしなべて、真面目で物静かな印象がある。

だがそのなかにあっても、こと三谷は群を抜いて生真面目だそうで、ほかの者らは当番を終えて中奥を出れば、それぞれ個性も出してきて、冗談を言い合ったり、時には些細《ささい》な口論なんぞもすることがあるのだが、三谷はそうした非番の時にも、ことさら寡黙《かもく》であるという。

「とはいえ、決して不愛想《ぶあいそう》な訳でも、感じが悪い訳でもないのです。ただ何と申しましょうか、とにかくいつ何時も、周囲《まわり》の者に気を遣い続けておりますもので」

「まだ中奥に入って日が浅いゆえ、新参としておぬしら古参に気を遣《つこ》うておるのではないのか？」

「はい、むろん、それが一番の理由にてございましょうが、そうしてあまりに気を遣うばかりに、肝心のお役目に支障《さわり》の出ることすらございまして……」

「支障？」

「はい……」

と、剣持はうなずいたが、すぐに庇って、もごもごと付け足してきた。

「ただ大抵は、ごく些細な物忘れや粗相《そそう》のごときものにてございますゆえ、気づけばもう簡単に、取り返しのつくことばかりなのでございますが……」

「詳しくは、どういうものだ？」

「いやその……、『今、こうして改めて』という話になりますと、『これ』とはっきり思い出せるほどのものが……」

具体例を挙げられず、困り始めた剣持を見て取って、これまでずっと黙って控えていた「江崎《えざき》」という名の三人目の小納戸が、

「あの……」

と、横手から助け船を出してきた。

「まことと、大したことではございませんのですが、つい一昨日も『庭方《にわかた》』の仕事の際に、少しばかり……」

庭方の仕事というのは、文字通り、中奥の上様の居所部分に広がっている中庭の清掃や管理の仕事である。

その庭方の仕事を、一昨日の昼下がり、江崎は三谷を含む幾人かの小納戸たちとともにしていたそうなのだが、池の掃除を始めようとした江崎ら先輩小納戸たちに気がついた三谷が、慌てて遠くから駆け寄ってきて、「池の掃除でございましたら、この私がいたしますので……!」と言ってきたというのだ。

「この時季の水仕事は冷えるゆえ、先輩にはさせられぬ、ということか?」

荻生が訊くと、江崎はうなずいた。

「万事《ばんじ》、あの佑之進には、そうしたところがございまして、まことにもってよう気の付く、良いやつなのでございますが……」

だがそうして江崎らのもとへと駆け寄ってきた三谷自身は、玉砂利《たまじゃり》を敷き詰めた別の小庭を掃除している最中であった。

むろん三谷は新参だから、その玉砂利の清掃も、別の古参小納戸に命じられてしていたことである。その自分に与えられていた仕事を、図らずも「放り投げた」ような形で、江崎らの池掃除を手伝い始めてしまったものだから、玉砂利の上に箒《ほうき》も屑入《くずい》れの袋も置きっ放しで、あとで古参の小納戸に叱られたというのだ。

「けだしその古参の者も、『叱った』とは申しましても、軽く注意をしただけにてござりまする。三谷に悪気がございませんことは、誰の目にも明らかにてございますし、さように強く叱れるものではございませんので」

「なるほどの……」

どうやら少し、あの「三谷佑之進」という者が見えてきたようではある。

すると、今の江崎の話で何やら思い出したらしく、澤田が横にいる剣持に向かって、こう言い出した。

「そういえば剣持さま、去年の暮れの『納戸払《なんどばら》い』の籤《くじ》なども……」

「おう。いや、そうであったな」

納戸払いというのは、年に一度、師走《しわす》の暮れに、上様がご自分用の納戸の整理を兼ねて、中奥勤めの者たち全員に、納戸のなかの品々を下賜《かし》される行事のことである。

あくまでも「納戸払い」であるから、下賜の対象となる品は、上等な品から安価な品まで多岐にわたっている。上様がご使用されなくなった着物や帯、お手まわりの品々などはもちろんのこと、行事や季節の挨拶《あいさつ》などで大名諸侯や旗本たちから贈られてくる献上品のなかには、端《はな》から使わないものや余るものも多く出るため、そうしたものも納戸払いとなるのである。

反物《たんもの》や小道具、塗物《ぬりもの》や陶器、鉄器のたぐいから、和紙や蠟燭《ろうそく》、時には蚊帳《かや》などまで、納戸払いの対象となった。

そうしたあれやこれやを、「これは大体、幾らぐらいの値であろうから……」と概略の評価額を算出して、それを百五十人前後もいる中奥勤めの全員に、ほぼ当分の額となるよう分配していくのである。

額の算出をするのは、日頃から納戸品の管理をしている古参の小納戸たちであったが、一百五十人分をなるだけ等分の価値に分配するため、たとえば「この一人分には、漆塗《うるし》りの椀が一つと、鍋島《なべしま》の大皿と小皿が一枚ずつ、手拭いが二枚に、蠟燭三本と和紙が一束」などという風に、細かく分けていかねばならなかった。

この分配の手伝いに、去年の師走、新参の「三谷佑之進」も参加した。

分け終えた後は、一人分ずつを一組にして「籤引き」の番号札を取り付けておき、それとは別に皆が引く籤引きの紙のほうもこしらえて、いざ「納戸払い」の当日には、おのおの仕事の手の空いた時間に、品が置かれた座敷に立ち寄って籤を引いてもらい、番号に合った品を渡すのだ。

その品の引き渡しの際に、昨年は、手違いがあった。手違いに巻き込まれたのは、ほかでもない剣持である。

当日、剣持は朝からずっと忙しく、籤引きの会場に顔を出すことができたのは、夕方近くになってからであったが、籤を引いたら「百二十二番」であったため、百二十二番の品々をもらおうとしたところ、その番号の品物が、すでに誰かにもらわれてなくなっていたのだ。

こうしたことは、剣持にとっても、納戸払いの当番の小納戸たちにとっても、初めてのことだった。

当番を務めていた古参の小納戸たちは大騒ぎで、「なぜこんな事態になったのか？」と検証をはじめたが、その理由は程なく判った。

百二十二番の隣の「百二十三番」の品が残っているというのに、籤引きの紙のほうには、百二十三番がすでにないのだ。

「『だがたしかに一組ずつ、籤の紙と、品に貼られた番号札とを見比べて、確認しながら渡したぞ！』と、当番の古参の方々が盛んに言っておいでてございましたので、『どの一組を頂戴《ちょうだい》いたしましても、価値《ねうち》は同じでございますから……』とそう申し上げまして、百二十三番をいただいて帰ったのでございますが……」

去年の事態のあらかたの説明を終えた剣持が、そこで一瞬、言いあぐねる様子を見せたので、荻生が代わりにこう言った。

「さように申すということは、その手違いに、三谷が関わっておるのだな？」

「はい……。籤引きの紙を書いたのは三谷ひとりでございましたようで、後日、手違いの噂を聞いたという小姓が、自分が引いた『百二十二番』の籤の紙を、私や当番の方々に、わざわざ見せてまいりまして……」

つまりは三谷が間違えて、「百二十二番」を二つ書いてしまい、「百二十三番」という紙は、端《はな》から存在しなかったことが判明してしまったというのだ。

「手違いの原因《もと》が自分にあったと知りましてから、三谷はひどく気にいたしておりまして、私にも、当番の皆さま方にも、ずいぶんと長い期間《あいだ》、会うたびごとに謝ってくれたのでございますが……」

なぜそんな間違いを仕出かしてしまったものか、三谷当人から話を聞きつつ、よくよく振り返ってみれば、やはり案の定、三谷はいつものごとくで、他のことを気にするあまり、籤引きの番号書きに集中できずにいたことが判明した。

納戸払いの品々を人数分に振り分ける作業の最終段階で、三谷は当番の古参たちから「百目蠟燭《ひゃくめ》」で金額の微調整《びちょうせい》をする仕事を任された、というのである。

百目蠟燭というのは、重さが一本・百匁《もんめ》（約三七五グラム）もある大きな蠟燭で、長時間の明かり取りには便利なものなのだが、やはり大きいだけあって、二百文《もん》前後と値段も高い。一本・四文の串団子なら、五十本も買えるほどの金額であった。

その百目蠟燭が百本ずつ入っている大箱を幾つも任されて、「それぞれの組の品の上に、今のところの算出額を記した紙が置いてあるから、それを見て、おおよそ同じ額になるよう、蠟燭を配ってくれ」と、そう命じられたらしい。

だが何せ百目蠟燭は二百文もするものだから、それですべての組の微調整ができるはずもなく、たとえば「あと五百文」という際に、「三本足すべきか、それとも二本でいいものか……」などと、判断に迷うこととなる。

どうにか一応、蠟燭を配り終えたその後も、三谷は「やはりあの組には二本ではなく、三本足しておいたほうが無難だったのではなかろうか」などと、気になって仕方がなかったそうで、そんな気持ちを引きずったまま番号書きをしたものだから、「百二十三」と書かねばならないところを「百二十二」と、一本間違えて書いてしまったのだろうということだった。

「実を申せば今日なども、夜番で使う『手燭《てしょく》（持ち歩き用の柄付き燭台《しょくだい》）』の用意を頼みましたら、その手燭の蠟燭で、納戸払いの一件を思い出してしまったらしく、またも三谷に『剣持さま、あの時は、まことにもって……』と、謝られてしまいまして」

「去年の暮れの間違いを、まだ引きずっておるというのか?」

「はい……。ともすれば、先ほどの切腹も、あの一件を気にしてのことだったのではあるまいかと、今、急に、怖ろしゅうなってまいりました……」

「さようなことはございませんよ、剣持さま」

と、横手から、たまらず声をかけてきたのは、澤田であった。

「もう三ヶ月《みつき》以上も前のことにてございますし、その間、三谷も常と変わらずに勤めていたではございませんか」

「いや、でもああして、未だに気にいたしておるのだから……」

「古手のあれが気になるというのなら、他にあれこれいくらでも新しい失敗のごときが、思い当たるではございませんか。あの一件が引き金などということは、まかり間違ってもござりませぬ」

目付方の調査《しらべ》の最中ということもあり、「このまま三谷の切腹が、剣持さまのせいになってはいけない!」と心配して、よけいに澤田は必死になって剣持を庇っているのであろう。

こうして後輩《した》に慕われている剣持の様子も、目付方《こちら》を相手に横手から出しゃばってまでも剣持を庇おうとする澤田のあり様《よう》も、もとは中奥勤めであった荻生にとっては、嬉しく頼もしいばかりである。こうした者たちが日々懸命に勤めていてくれれば、中奥も安泰であろうと、荻生は少しく目を細めた。

「……剣持。そなた、良き後輩を持ったな。さらに励めよ」

「はい。お有難うございまする」

剣持もこちらに頭を下げたその後で、嬉しそうに澤田を振り返っている。

程なく訊問は終《しま》いとなって、剣持ら小納戸三名は中奥へと戻っていき、荻生も一人、下部屋を後にするのだった。

三

その目付方の下部屋に、荻生が「ご筆頭」の十左衛門を呼んだのは、翌日のことである。

むろん三谷佑之進が起こした切腹騒ぎの調査報告をするためであったが、肝心の切腹の動機については、依然として「これであろう」と、はっきり断言できるものがなく、正直、五里霧中というところであった。

「どうも、よう判らんな……」

荻生から、剣持ら一連の話を聞き終えた十左衛門も、渋い顔になっていた。

「その三谷佑之進なる小納戸が、常に周囲に気を遣う健気《けなげ》な性質《たち》だということは判ったが、そうは言うてもあれこれと、細かな失態は重ねているということであろう？　それでも周囲が腹を立てずに、かえって庇《かば》うてもくれているというのに、一体、何が哀しゅうて切腹なんぞいたすというのだ？」

「はい……」

と、荻生もうなずいた。

「まあたしかに、結句、周囲に甘えていると言われれば、その通りにございますのですが……」

「さようであろう？　そも切腹を立ったまま、それも他者《ひと》が幾人もいる下部屋でやろうとするなどと、まるで『これからやるが、止めてくれ』と言わんばかりではないか」

「はい……。とはいえ、まあおそらくは、改めて己の不甲斐《ふがい》なさを痛感して絶望し、とっさに刃《やいば》を腹に突き立てたというようなもので、そこに別段、嘘や狙いがあったとも見えないのではございますが……」

「………」

と、十左衛門が急に黙り込んで、しげしげと荻生の顔を覗き込んだ。

「荻生どの、ちとよいか？」

「え？　あ、はい……」

三谷を庇うような口を利いたから、それで何ぞか言われるのであろうかと、荻生は身構えたが、十左衛門から出た言葉は、どうやらそれとも少し違っているようだった。

「どうも儂《わし》もモヤモヤとして、すっきりとせんのだが、『周囲の同情を狙って……』という訳でもないのなら、やはり何ぞか、もそっとはっきりとした動機のごときはあるのではないかの。それが剣持何某《なにがし》の気のするような、『籤の紙の書き違え』であるとは、儂は正直、思えんのだが、何ぞか三谷が心に澱《おり》として溜め込むようなことが、やはりどこかにあるのであろうよ」

「はい。私も、さように……」

三谷の切腹騒ぎを「ご筆頭」が悪く解釈していないことに、荻生が内心ほっとしていると、

「梶山《かじやま》です。失礼をいたしまする」

と、廊下から襖を開けて、徒目付《かち》の「梶山要次郎《ようじろう》」が入ってきた。

この梶山は、こたびの案件を荻生の下で担当している徒目付で、他にも幾人か配下の小人《こびと》目付たちが動いているのを梶山が取りまとめて、目付の荻生に繋いでいる。

今、梶山ら配下たちは、主には三谷佑之進の見張りを担当して、小川町《おがわまち》にある三谷家の拝領屋敷に交替で詰めているのだが、そうして三谷が再び自害など試みぬよう監視をしながらも、日頃の暮らしぶりがどういったものかとか、家族や家臣たちとの関係はどうかなど、さりげなく三谷家の家臣たちから聞き出していたのである。

その報告を聞くため、今日は梶山を下部屋《こ》に呼び出したという訳だった。

「三谷佑之進が様子はどうだ?」

荻生がさっそく本題に入ると、梶山も、目付二人がいる前へと近寄ってきた。

「とりあえず落ち着いてはおりますが、何くれと取りとめもなきことなど話しかけてみましても、いっこう口を利いてはくれませぬ。満足に物も食さぬようにてございますゆえ、三谷家のご家中とも相談し、日頃の好物なども取り揃えてみましたが、あまり役には立たなかったようにてございまして……」

「そうか……。そなたをしても、駄目であったか」

横手からそう言ったのは、荻生ではなく十左衛門のほうである。それというのもこの梶山という男は、生来、心根が優しいためか、他者《ひと》の心にスッと自然に寄り添って、なお邪魔に感じられずに済むような、柔らかさを有しているのだ。

　五十人からいる徒目付のなかには、たとえば本間柊次郎や高木与一郎《たかぎよいちろう》などといった誰の目にも明らかに「仕事のできる者」もいるのだが、そういった者たちとはまた別の、梶山らしい仕事ぶりを十左衛門は評価していた。

　その梶山に対する評価は、実は荻生も同じように持っていて、自分自身はお世辞にも優しく見えるほうではないため、今回はそこを梶山に期待して、あえて三谷の側についていてもらっているのだ。

　だが荻生は十左衛門のように、そうした気持ちを素直に口に出せる訳ではない。

　今も結局、ただ淡々と話を進めて、こう言った。

「三谷はたしか、去年、小納戸として出仕をする際に、実家の三谷家から分家として、独立をしたのであったな」

「はい。兄の三谷雄五郎《ゆうごろう》と申します者が、家禄千四百石の三谷家を継いでおりまして、その他に三人ほど他家へと嫁《か》した姉たちもおるそうにてございますが、妾腹《しょうふく》で末子の佑之進が次男にて、昨秋、二百石を分けてもらって分家を興したそうにございまする」

「ほう、妾腹であったか……」

妾腹というのは、正妻ではなく「妾《めかけ》」の産んだ子供ということである。

新参の小姓や小納戸として中奥に入ってくる者は、えてして次男や三男といった家の家督を継げない立場の者が多く、そうした者のほとんどは実家から分家する形で、家禄を少しだけ分けてもらい、新規に武家《いえ》を起こしたうえで中奥勤めを始めていた。

中奥の者に嫡男が少ないのには、理由《わけ》がある。

小姓や小納戸は上様のお側近くで勤めるため、何かの折に勘気に触れて、そのために家を潰すことにもなりかねないから、もし御家断絶や切腹になっても、本家だけは潰されぬよう、次男以降の者が分家して出仕するのだ。

何を隠そう、荻生自身も三男で、分家の形で十七の時に小納戸として中奥に入っているし、武家に妾腹はままあるため、三谷佑之進の家の事情は、さほどにはめずらしくなかった。

「して、本家にはもう、報せたようか？」

三谷佑之進の家臣の誰かが、本家の三谷家に報告に出たか、ということである。

だが、この荻生の問いに、梶山は首を横に振ってきた。

「『三谷の家には報せるな』と、三谷当人が家臣にそう命じたようにてございまして、他の親類縁者にも報せてはございませんので、当面のところ切腹の件が、外部《そと》に広がる心配はございませんかと」

「近所はどうだ？　見慣れぬそなたらが三谷の屋敷に入り浸っておることに、近所は気づいておるようか？」

「はい。なるだけ外に出ぬようにいたしましても、どうせ何かで人目にはつきましょうから、三谷家の玄関前で会《お》うてしまったご近所のお女中には、『私は佑之進の従兄《いとこ》である』と、そう申しておきました……」

だがやはり、近所の目というのは、侮《あなど》れるものではない。

その武家の女中たちは、「ご当主さまがお城にお出かけにならないようでございますが、どこか具合でもお悪いのでございますか？」と訊ねてきたらしい。

「仕方なく、こちらもその話に乗りまして、『身体を壊して臥《ふ》せっているゆえ、従兄の私が看病に来たのだ』と、さように申しておいたのでございますが、そういたしましたら、ちと思わぬ収穫《しゅうかく》がございまして」

「収穫？」

「はい。どうも三谷の本家については、近所でも何かと噂になっているようなのでございますが……」

やはり、ご本家からは誰も来ないのか。そういえばこちらに越して来られた際にも、ご本家のほうからは、何のご挨拶もいただかなかった。お可哀想に、こちらのご当主の佑之進さまは、さすがにご側近に上がられるだけあって、穏やかで腰の低い、よく出来たお方なのにと、「従兄」の梶山を相手に、しきりに気の毒がっていたそうだった。

「本家からの挨拶まわりがないというのは、妾腹ゆえかもしれぬな……」

荻生がそう言うと、梶山もうなずいた。

「いずれにいたしましても、こたびの切腹騒ぎについては、本家も近所も未だ気づいてはおりませせぬゆえ、こうして世間に広まらぬうちに、なんとか元の通りに元気になってもらいませんと……」

「…………?」

「…………」

梶山の今の言葉に驚いて、荻生も十左衛門も一瞬、絶句した。

どうやら梶山は、三谷が口も利かず、飯も喰わずにいることを案じるあまりに、三谷がなぜ切腹を試みたものか、目付方としては一番に、その理由を探らねばならないということを失念してしまっているらしい。

だがその事実にも気づかないまま、梶山は後を続けて、言ってきた。

「なれば私、また三谷の屋敷に戻りまして、少しは話ができますよう、いま一度、声をかけてまいりまする。では……」

そう言うと、梶山は十左衛門と荻生に一礼をして、下部屋を出ていった。

残されたのは、梶山に何も言えずに逃げられた形となった、荻生と十左衛門である。

「……要次郎の奴め、ちと話が妙であったが……」

口火を切ったのは、十左衛門である。

「したが存外、あれくらい構えずに接したほうが、かえって三谷のこわばりも消えて、心を開くようになるやもしれぬ」

「はい。私も、途中でさように思いまして、あえて黙っておりました」

「やはり、そうでござったか」

十左衛門は笑い出した。

「いや、したが、あれもなかなか珍妙《ちんみよう》な奴よの……」

十左衛門がわざと呆れた顔をしてそう言うと、めずらしくも、荻生が笑ってうなずいてきた。

ここ半年ほど前あたりからだろうか、それまではいつ何時も「孤高」という風に、頑《かたく》なに独りで何でもこなそうとしていた「荻生どの」が、ずいぶんと他者《ひと》に対して柔軟になってきた。

筆頭の十左衛門にとって、そんな荻生の変化はやはり嬉しいものであったが、それをそのまま口にしたら最後、またも「荻生どの」は殻《から》に戻ってしまうかもしれない。

そう思って十左衛門は、別のことを口にした。

「そういえば荻生どの、ご尊父の三回忌のご法事は、たしか明日《みようにち》でござったな？」

「はい。休みをいただきまして、申し訳ございませぬ。昼には法事も済みましょうゆえ、八ツ（午後二時頃）過ぎには目付部屋《へや》へ顔を出せると存じますので」

「うむ……。まあ、したが無理をせず、たまには存分にご尊父に孝行を尽くされよ」

「はい。有難う存じまする」

「………」

こういう時も以前であれば、たぶん荻生は素直に「有難う存じます」などとは言わずに、「いえ、まこと、必ず八ツには戻りますから」なんぞと、かえって意地を張ってきたに違いない。

嬉しい気持ちを隠しつつも、十左衛門はそっと目元を緩《ゆる》ませるのだった。

四

荻生朔之助光伴は、家禄二千三百石の古参譜代の旗本家である「荻生家」の三男として生を受けた。

父親は、当時、役高四千石で『書院番頭』を務めていた荻生伊左衛門伴任《いざえもんともたか》である。

三男の朔之助の上には、五つ違いの長男と、三つ違いの次男とがおり、荻生家の嫡子はもちろん長兄であったため、次兄と三男の朔之助の二人は、いわゆる「厄介《やっかい》」の身の上であった。

武家において「厄介」というのは文字通り、家の禄《ろく》を無駄に食《は》む厄介者のことである。嫡男は長じれば家督を継いで、家を守っていく立場にあるから、飯を喰わせて育てることに「損」が出る訳ではないが、嫡男以外の子供たちはいわば「居候《いそうろう》」で、武家においては厄介なのだ。

荻生家の「厄介」の一人である次兄は、外見も良く、優秀で、おまけに明朗快活で、誰とでも如才《じょさい》なく口が利ける性質《たち》だったため、早々と婿入り先も見つかり、十五の時には他家へと婿養子に出ていった。

だが一方、三男の朔之助は、次兄と同様に容姿端麗で頭の回転も速いというのに、子供の頃からひどく寡黙で、「何を考えているのか判らない」と思わせる妙な威圧感を有していたため、次兄のようには他者《ひと》に好かれず、十七歳になっても、いっこうに婿養子の口が見つからなかったのである。

そんな甥っ子の身を案じて、「いっそ荻生の家を出て、小納戸として江戸城《しろ》の中奥に入り、上様にお仕えしてみてはどうだ?」と、中奥勤めを勧めてくれたのが、母方の叔父であった。

叔父も実家では次男ゆえ、知己の勧めで十七の歳に小納戸となり、以来二十五年、中奥に勤め続けて、当時はもう役高千五百石の『小納戸頭取』にまで出世をしていたのである。

その叔父の推薦という形で上様に御目通りをし、見事、小納戸として出仕が許された日は、「長年にわたる厄介の身の上から、これでようやく解放されるのだ」と、本当に、天にも昇らんばかりに嬉しかったものである。

そんな昔を思い出しながら、荻生は父の三回忌法要に出席するべく、小石川《こいしかわ》にある実家の荻生家へと向かっていたのだが、その本家がだんだん近くなればなるほどに、気分はどんどん沈んでいった。そうして、いざ本家の門を久しぶりに潜って、屋敷のなかへと足を踏み入れた頃には、もうすっかり自分の身体の半分ほどが、あの当時の「この家の厄介であった自分」に戻ってしまっていたのである。

なんとも言えないその居心地の悪さに身を硬くしながらも、長兄や次兄に続いて三男として席に着き、菩提寺《ぼだいじ》から来てくれた僧侶たちの読経で、無事に三回忌法要を済ませたまではよかったが、そのあとの親類縁者一同、ずらりとうち揃った会食が、荻生にとっては最大の苦行となった。

「おう、久しぶりだな、朔之助。おぬしはまこと、無沙汰《ぶさた》が過ぎるぞ。この正月も、おぬしはとうとう顔も出さず終《じま》いだったではないか」

「さよう、さよう。おまえのところは、いつもあの用人《ようにん》が挨拶の品を届けてくるばかりで、いっこうおまえ自身は来んからのう」

早くも酒が入って絡んできたのは、亡き父の弟で、はるか昔にこの荻生家から他家へと養子に出ていった叔父たちである。

「申し訳ござりませぬ。何ぶんにも御用繁多《ごようはんた》で、毎年、暮れも正月も勤務《つとめ》に休みがございませんゆえ、ご挨拶にも伺えず……」

「何を言う？　『休みがない』なんぞと申しても、今はこうして法事には出られておるではないか。天下の目付が、さような弁解《いいごと》を申すでないわ」

「あ、いえ、今日も半日、休みをいただいただけにてございまして、このあとは急ぎ、城へと立ち帰らねばなりませんので……」

「なればその半日の休みを取って、年一度の正月くらいは、年老いた叔父の顔を見に参らぬか！　まったくおまえは昔から、そうして始終、小賢《こざか》しく、大人を小馬鹿にしおってからに……！」

今しつこく荻生に絡んできているのは、父親の末弟にあたる叔父のほうである。

この叔父は、いつも何でも目に入ってくる事象《ものごと》のほとんどに、何か一言、意見を言わねば気が収まらない性質《たち》らしく、ことにこうして酒なんぞ入ろうものなら、いつまでも蛇のごとくに絡み続けてくる。

その獲物として、今は荻生が捕まっているという訳で、だがそんな弟を見て取って、可哀相に思ってくれたのか、横手から次兄の信次郎《しんじろう》が助け船を出してきてくれた。

「この朔之助めは、小納戸をしていた頃も同様にてございましたが、こうして目付になりましてからも、あれやこれやと面倒なお役目特有の禁則が多いようでございましてなあ。私なども実兄《あに》として、万が一にも朔之助のお役目の支障《さわり》にならぬよう、日々何かと気をつけております次第で……」

「うるさいぞ、信次郎！　そうして横から出しゃばるな！」

もうすっかり酔いがまわっているためか、叔父の怒りは、瞬時に次兄の信次郎に向いたようだった。

「第一、おまえも似たようなものではないか！　三千石の名家に婿に出たのを何かと鼻にかけおってからに、ただの一度も女房に挨拶もさせずにおるではないか！」

「申し訳ござりませぬ。まこと叔父上のおっしゃる通りで、ご無礼の段、重々承知にございますのですが、なにせ愚妻は幼き頃よりひどく病弱にてございますもので、荻生家《こちら》の親戚はおろか、自分の親族《ほう》の集まりにも、とんと顔を出せない有り様《さま》にてございまして……」

「おう、そういえば信次郎、おぬしがところは『子』がまだであったな」

横手から場違いなほど陽気に声をかけてきたのは、もう一人の叔父である。

「正直どうなのだ、信次郎。さように病弱ということであれば、そろそろ実子はあきらめて、どこぞより養子を迎えたほうが良いのではないのか？」

「はい……。ただまあ妻も、今はまだ二十八にてございますし、もう少しだけあきらめず、実子を待ってみようかと存じまして」

「そうか。二十八ということであれば、まあ、それもよいかもしれぬが……」

と、早くも次兄の子供の追及には飽《あ》きたらしいその叔父が、今度は荻生のほうに向き直って、にっこり笑いかけてきた。

こちらの叔父はいくら飲んでも明るい酒で良いのだが、そのぶん話の内容は上っ面《うわつら》だけを掬《すく》う感じで、きわめて軽いのが常であった。

「おい、聞いたぞ、朔之助。おぬしがところは、もうそろそろ二人目が生まれるそうではないか」

「はい。身重ゆえ、今日も法事に連れては来れず、申し訳ございませぬ」

「よいよい。兄上も草葉の陰で、喜んでおられるであろうさ。荻生の家は、伊久太郎《いくたろう》がところも去年二人目の男子《おのこ》が生まれておるし、まずは安泰だな」

伊久太郎というのは、荻生本家を継いでいる長兄のことである。

長兄には女子、男子と、すでに子供が二人いるのだが、去年の夏に三人目の男子が、無事に生まれていた。

「有難う存じまする」

と、まるで今まで気配を消していたような長兄の伊久太郎が、ようやくに口を開いてきたが、それを待ち構えていたかのように、またも先ほどの皮肉屋の叔父が、勢いを盛り返してきた。

「うむ。良い。おまえは良いぞ、伊久太郎。この荻生の家を背負って、跡継ぎの男児も無事に生《な》し、我ら親族への心配りも怠らず、まことにようやっておるぞ」

「さようにおっしゃっていただけて、何よりでござりまする」

「うむ」

満足そうに叔父は何度もうなずくと、手を伸ばして、伊久太郎の肩を叩いた。

「あとはもう、ひたすら出世を目指せばよいのさ。おまえも、たしか『小十人頭《こじゆうにんがしら》』になって五、六年は経つのであろう？　もとよりだいぶ『引下の勤め《ひきさげ》』であるのだから、願うべき筋に願えば、出世も難しくはあるまいて」

引下勤めというのは、自分の家の家禄よりも低い役高の役職に就くことである。

伊久太郎が務めている『小十人頭』は、幕府の武官のなかでは「歩兵隊」を任されている長官である。自分の組下に、二名の組頭と、二十人の歩兵の番士を抱え、日頃は本丸御殿内にある『檜之間《ひのきのま》』という大座敷に詰めて、勤番している。

だが叔父の言うように『小十人頭』の役高は千石なので、荻生家の当主である伊久太郎にとっては、たしかに引下勤めとなる。

もともとの荻生家の家禄は二千三百石であったのだが、まだ父が当主である頃に、三男の朔之助に三百石を分けて分家としたため、今の家禄はちょうど二千石となっている。つまりは実に千石もの引下勤めということになる訳で、そこをわざわざ親戚一同うち揃った席で言い立てて、長兄の伊久太郎にまで恥をかかせようとするこの叔父の底意地の悪さが、たまらなく嫌だった。

もとより荻生は考えていることが顔に出やすい性質だから、今もへの字に口を引き結んで、むすっとしている。

だがそんな甥っ子の表情など、端《はな》から見てもいないようで、今度はもう一人の明朗な気質の叔父のほうまでが、要《い》らぬ口を利いてきた。

「『小十人頭』から狙うのであれば、まずは『目付』か、『先手頭《さきてがしら》』あたりがいいのではないか？」

目付は役高こそ千石で同じだが、小十人頭よりは、職の格が上である。

対して『先手頭』は、役高は千五百石であった。

「お役高なら『先手頭』がだいぶ上だが、将来《さき》を考えるなら、『目付』のほうが得策であろう。何せ目付は、うまくこなして活躍すれば、長崎奉行や勘定奉行までが出世の先にあるからな。先手頭で番方のままでおるよりは、ご老中や若年寄方々の覚えもよろしかろうて。なあ、朔之助、さようであろう？」

「…………！」

これではまるで目付の職が、出世のための踏み石であるかのようである。

さすがに荻生が我慢できずに、言い返すために腰を上げかけると、その弟をなだめるように、横から次兄が荻生の膝を押さえてきた。

「次兄上《あにうえ》……」

「…………」

次兄の信次郎は、小さく首を横に振っている。

だがそんな兄弟の我慢を無にするように、皮肉屋のあの叔父が、はっきりと荻生に当てつけて、こんな風に言い放った。

「いや、目付など駄目《だめ》だぞ、伊久太郎。この頃は、あの筆頭の妹尾どのが目付部屋を牛耳《ぎゅうじ》っておるゆえ、使える奴は目付から手放さんようにしておるそうだ」

「ほう……」

と、野次馬《やじうま》のように身を乗り出してきたのは、もう片方の叔父である。

「目付方《めつけ》は現在《いま》、さようなことになっておるのか？」

「おうよ。なにせ筆頭自らが目付の部屋に骨を埋める覚悟で、もう二十年あまりも勤め続けておるのだからな」

皮肉屋の叔父はそう言うと、いかにも荻生を挑発するようにして、「ふん」と鼻を鳴らしてきた。

「ご老中の覚えめでたき『目付筆頭の妹尾さま』なんぞといったところで、役高《たか》は『小十人頭』といっこう変わらぬたった千石ぽっちだぞ。正義、清廉と気取っていても、古参旗本家の男が、たかだか千石の目付のままで終わるようでは虚《むな》しかろう。おそらくは妹尾どのとて、そうした悔しさが心底にあるゆえ、他の目付も辞めさせぬようにしておるのであろうさ」

「……要らぬ憶測はおやめくだされ！」

とうとう堪忍袋《かんにんぶくろ》の緒が切れて、荻生は立ち上がった。

「私のことは、いかに悪《あ》し様《ざま》におっしゃいましょうとも、いっこうに構いませぬが、ご筆頭の妹尾さまは、さような小さき御方ではござりませぬ。巷の下種《げす》な噂を鵜呑みにされて、さように軽口を吹聴されておられると、延《ひ》いては叔父上ご自身のご品格にも障りまするぞ」

「おい、朔之助ッ！　口を慎《つつし》まぬかッ！」

横手から飛んできた叱責は、長兄・伊久太郎のものである。

「……朔之助。今のは、さすがに言い過ぎだぞ」

次兄も横から、立ち上がった弟の足を押さえて、言ってきた。

「はい……」

と、次兄に促されるままに、仕方なく荻生は再び着座して、叔父たちに向けて、畳に両手をついた。

「真実《まこと》のこととは申せ、やはり若輩の身で、出過ぎた真似《まね》をばいたしました。申し訳ございませぬ」

そう言って平伏すると、荻生は本家の当主である長兄の伊久太郎に向けても、改めて土下座した。

「せっかくのご歓談の場を荒らしてしまいまして、まことにもって申し訳ございません。皆々さまには、また後日改めて、お詫びをさせていただきとうござりまする。今日はこのまま、失礼を……」

こちらを案じている次兄に目で謝ると、荻生は場を離れて、そのまま実家を後にした。

座敷を出る時に、背後で叔父たちの声がしたから、今もさぞかし荻生《こちら》のことを悪く言い立てていることであろう。

長兄や、ことに次兄には、本当に悪いことをしたと思っているが、さっき自分が口にしたことには、いっさい何の間違いもない。

公平公正を旨《むね》としている目付として、荻生は堂々と、江戸城《しろ》への道程《みちのり》を進んでいくのだった。

五

三谷佑之進に会うために、荻生がごくわずかな配下とともに、小川町の三谷家の屋敷を訪ねたのは、翌日のことであった。

三谷家にはまだ徒目付の梶山要次郎も詰めているから、その梶山と二人で、三谷と話してみようと考えているのである。

近所の手前「江戸城《しろ》から誰か役人が来た」と気づかれないよう、今日は荻生も裃《かみしも》はやめにして、武家の男の日常着である羽織袴《はおりはかま》の格好である。これならば、もし近所の誰かに声をかけられても「佑之進の親戚だ」と言ってのけることができるはずで、荻生がそうして万全の準備のもと、いざ三谷の屋敷に着くと、梶山ら配下とともに「三谷家の用人」だという六十がらみの男が玄関先に現れて、丁重に荻生を迎えて平伏してきた。

「用人の村中甚助《むらなかじんすけ》にてございます。こたびは主君《あるじ》・佑之進が多大なるご迷惑をばおかけいたしまして、まことにもって申し訳もござりませぬ」

「いや。さようなことはお気になさらずともよいのだが、見るに貴殿は、佑之進どのがご本家におられる頃からのご忠臣ではござらぬか？」

「はい。実は、ご慧眼《けいがん》の通りにございまして……」

本家の家臣の一人であった村中が、まだ生まれたばかりの佑之進の世話役を命じられたのは、佑之進の母親である側室が産後ほどなく亡くなったからだった。

それゆえ村中は、佑之進の乳母になってくれる女人を求めて、ずいぶんとあちらこちらを歩いてまわったという。

「引き受けてくれましたのは、三谷家が所領の内《うち》にございます安房《あわ》（房総）の名主の親族にてございまして、それゆえ佑之進さまは三歳《みっつ》になるまで、私とともに安房で暮らしておられました」

「ほう……。なれば、江戸の本家に入られたのは、そのあとでござるか？」

「はい……」

荻生が訊ねると、
と、村中はうなずいてきたが、その表情は曇っていた。

「思うてみれば、そうして私が安房なんぞにお連れしてしまいましたのが、そもそもの間違いだったのでございましょう。赤子の頃よりご本家で育っておられましたら、たぶん姉上さま方も少しぐらいは『弟』と思うてくださったのやもしれませぬが、三つで安房から戻りました時には、もうすっかり『母親の敵《ははかたき》』と睨《にら》まれてしまっておりまして……」

「いや、さようでござったか……」

側室を持つような武家には、ままある話ではあるのだが、幼い頃からそうしていわば「針の筵《むしろ》」の上で育ってきたから、三谷はああして長じて後も、自分の周囲にいる者たちに気を遣い続けるようになったのであろう。

「して、佑之進どのは今、どうしておられる？」

「奥に臥せってございますのですが……」

村中の案内で佑之進のいる奥座敷へと入っていくと、三谷はまるで座敷牢にでも入れられた罪人のように、部屋のなかに目付方《こちら》の見張りをつけられている。

だがもはや三谷にとっては、それもどうでもいいらしく、十畳ほどの座敷の真ん中にぽつねんと布団を敷いて、仰向けに横になっていた。

「物を食されませんので、お身体がさすがに……。昨日よりは、こうして寝ていただいてござりまする」

目付が来ても起きもせぬゆえ、梶山が横から庇ってそう言ってきたが、もとより三谷は挨拶もせず、こちらに目すらも動かさず、ただ天井板を見つめているのだから、今さら無礼もへったくれもないのである。

その三谷の布団の横まで近づいていき、荻生は傍《かたわ》らに静かに座した。

「目付の荻生朔之助でござる。先般の剣持どのらとの会話《はなし》の通り、元は貴殿と同様、小納戸でござった」

「………」

もちろん何の反応もない三谷に、それでも荻生は横手から、精一杯に視線を合わせて、こう訊いた。

「餓死《がし》されるおつもりなのでござろう?」

「えっ!」

と、驚いて声を上げたのは、三谷ではなく、梶山のほうである。

「やっ、三谷さま。まこと、さようなことをお考えで?」

「………」

本気で顔色を青くしている梶山を相手でも、三谷はぴくりとも動かない。

それでも梶山のほうは、三谷の肩を夢中で揺すって言い募《つの》った。

「餓死されるなど、とんでもないことにござりまするぞ! 人間一人《ひと》、餓死するまでに、一体どれほどの日時がかかるとお思いか？　縦《よ》し三谷さまが、そうして餓死をなさろうとするのであれば、その長き間を、貴方さまを心よりお慕いなさる村中どのらご家中の皆さま方が、苦しみに苦しみ抜いて見守らねばならんではござりませぬか！」

梶山の説教は、やはりいささか論点が妙ではあったが、どうやら三谷の心底には、少しく届くものがあったらしい。

よくよくと三谷の目尻を観察していると、じわじわと、わずかに涙が浮き始めてきて、とうとうツーッと右の目尻から、一筋《ひとすじ》光って流れていった。

思うてみれば、この「三谷佑之進」は、日頃は周囲に気を遣いすぎるほどに遣うような、つまりは心優しい若者なのである。奇《く》しくも今、梶山が口にした「心配しているご家中を、まだ苦しめるおつもりか」という言葉は、三谷にとっては心に痛いものだったのであろうと思われた。

「まことにもって、いけませぬぞ、三谷さま。皆、貴方さまのご快復のみを願《ねご》うて、不安のなかを懸命に耐えておられるのでございますから」

「…………！」

と、三谷が我慢できずに、ぎゅっと強く目をつぶった。

とたんに涙が押し出されて、次から次へと目尻に沿って流れていく。

そんな三谷の横顔を見つめながら、荻生はいきなり昨日の、自分の実家での一連の話をし始めたのである。

「男三人の兄弟のなかの三男であったゆえ、苦労せずとも家督を継げる長兄を羨《うらや》んでいたし、大人の間《なか》で上手《うま》く立ちまわれる次兄には敗北感すら感じておったのでござるが、『望んでも、どうせどちらも自分の手には入らんのだから、端《はな》から見ぬようにすればよいのだ』と、たしかに私は『斜《しゃ》に構えて』ござってな……」

問わず語りに自分のことを話しているのが、よりにもよって「荻生さま」であるため、梶山はすっかり面喰らってしまい、相槌《あいづち》も打てずにいる。

だがそんな梶山の様子が見て取れても、荻生はもう、己を護って殻に引きこもらなくとも大丈夫なようだった。

「したが、さように自分の粗《あら》が見えたのは、つい今朝のことなのだ。昨日ああして本家から戻ったあとも、『自分だけは悪くはない』と、私はいっこう己を省みることはせんかったし、ただ単に酔うて無礼であった叔父たちに、まだ腹を立てておったのだ」

ところが一晩寝て起きて、今朝改めて考えてみると、とにかく思い浮かんでくるのは、兄たちの顔だった。

まずは隣で懸命に、弟の自分を庇ってくれた次兄のことである。

皮肉屋の叔父に嫌われて、いいように攻め立てられていた弟を庇って、かえって自分が矢面に立たされてしまい、「大身《たいしん》に婿入りしたとて、いい気になるな」だの、「早く実子は諦めて、養子を取れ」だのと散々に言われて、それでも怒らず、なお弟の三男《こちら》を案じて、必死になだめてくれたのだ。

あの優しさや人間《ひと》としての器の大きさと、それに何より、あれほどに言われても嫌な顔一つ見せない忍耐強さは、弟の自分にはないものである。

ただいくら次兄が器の大きい人物であったとしても、ご妻女の「義姉上《あねうえ》」のことまで悪し様に言われて、腹が立たない訳がない。それでもぐっと我慢して、あくまでも穏やかに、「いま少し、実子の誕生を待ってみようと存じまする」などと、一つ一つていねいに相手を見て応じる努力をしているからこそ、次兄はああして世間から引き立てられていくのであろう。

その次兄の苦労を振り返りもせずに、「如才なく立ちまわれる次兄上《あにうえ》は、得だ」と、単純に羨んでいた自分が恥ずかしい。

それは長兄に対しても同様で、家督を継いで本家の当主になるということは、ああした叔父たちとも常に真摯《しんし》に向き合って、面倒でも一族郎党《いちぞくろうとう》すべてを一身に抱えて、引っ張っていかねばならないのだ。

「『三男の自分は運がない』と、卑屈《ひくつ》に頑なになっていた己が恥ずかしゅうござってな。口下手《べた》な自分は運がない、自分の殻の小さな内部《なかこ》で凝り固まって考えずに、広く相手の身になってみねばと、さように思うたのでござるよ」

「…………」

つと見れば、布団に仰臥《ぎょうが》している三谷佑之進はすでに涙も乾いており、はっきりと荻生《こちら》に目を向けている。

その三谷と静かに目を合わせていると、しばらくして、三谷が初めて口を利いてきた。

「……わたくしも、そうなのでございましょうか」

「『そう』と申されるのは、『凝り固まって』ということにござるか？」

「はい」

と、三谷は真っ直ぐに言ってきた。

「わたくしの実家の三谷家も、本家のほうは兄が継ぎ、私は二百石を分けていただいて分家を作った身にてござりまする。そのうえに、兄姉弟《きょうだい》五人もいるなかで、末弟のわたくしだけが妾腹でございますので……」

「うむ。たしか幕府への届出《とどけ》によれば、長子と次子が姉上二人、三番目がご当主の雄五郎どので、四番《よばん》目にまた姉上さまがおられて、一等最後が次男のそなたでござったかと」

「はい。姉たちはみな他家へと、すでに嫁いでおりますが、わたくしが分家を立てます時には、ひどく怒って反対をいたしておりまして……」

おまえは粗忽者《そこつもの》なのだから、そんなおまえが上様のお側近くで働いて、大丈夫な訳がない。もし何か、いつもの伝《でん》で仕出かして、上様の勘気を被《こうむ》ることにでもなったら、おまえの分家ばかりではなく、本家の雄五郎にも累《るい》が及ぶに違いない。妾腹の分際で、家禄《ろく》を分けてもらおうとするだけでも図々しいというのに、このうえに三谷家を危《あや》うするつもりかと、長姉の屋敷に呼び出されて、姉三人に囲まれ、散々に言われたということだった。

「したが、結局、分家は許されたのでござろう？　兄上の雄五郎どのは、その当時は何と言っておいでであったのだ？」

「『三百ではなく、二百石でいいか？』と、そう訊かれただけにてござりまする」

「そうか。『二百でよいか？』と、訊かれたか……」

他人事ながら、その雄五郎の訊きように荻生ががっかりしていると、その目の前で、やおら三谷が布団の上に半身を起こそうとして、ごそごそとやり出した。

「やっ、起きられまするか？」

慌てて横から梶山が、ふらつく三谷を支えにかかる。

「かたじけのうございまする」

と、今度は三谷も梶山にはっきりと礼を言い、素直に手を借りて、布団の上に身体を起こすと、こう言った。

「ですが荻生さま、兄上のあの物言いの裏や奥にも、何ぞかわたくしの気づかぬことが、隠れておるのでございましょうか？」

「うむ……。正直、いっこう判らぬが……」

荻生は首をひねったが、それでも三谷の心を読んで、訊ねてみた。

「なれば、ちと兄上に、直《じか》に訊いてみられるか？」

「はい。そういたしとうございまする」

「相判った。なれば、目付方《こちら》で手筈《てはず》はつけよう」

「お有難う存じます。よろしゅうお願い申し上げまする」

ふらつきながらも、三谷は深々と頭を下げてきた。

こうして近く、荻生や梶山も同道のもと、三谷佑之進は実家の兄を訪ねていくことに話が決まったのだった。

六

三谷家の兄弟が、およそ半年ぶりに会したのは、数日後のことだった。

だが一点、会うた場所は三谷家の本家ではなく、分家のほうである。「会うのなら、佑之進の屋敷で……」と言ってきたのは雄五郎で、一足先に迎えに行った梶山の案内で、小川町の佑之進の屋敷へとやってきたのだ。

佑之進の切腹騒ぎについては、すでに荻生が文《ふみ》にてあらかたの次第をしらせてあるため、今日の会談は、もそっと深いところからの話になるはずであった。

だが、初対面の荻生と雄五郎が互いに名乗って挨拶を交わした後は、誰もみな黙ったままで話さない。雄五郎と佑之進の兄弟がどう出るか、そこを大事にしたほうがよかろうと考えて、あえて荻生は口火を切らずにいたのだが、十七、八の弟と二十一歳の兄とでは、「あちらより一段、大人になって、自分から話しかけてみろ」というほうが、無理なのかもしれなかった。

「雄五郎どの。一件《こと》の次第は、文にも書いた通りだが、貴殿は何ぞ訊きたきことや、話したきことはおありか？」

「いえ、別に……」

「………！」

兄の無機質な答えを聞いて、佑之進が悔しげに、ぎゅっと唇を嚙みしめた。

こうなれば突破の口も開こうというものである。

今が押し時と、荻生は畳みかけた。

「なれば、佑之進どのがほうはいかがでござる？　この際、何ぞか兄上に、改めてうかがいたきこともおありではござらぬか？」

「ございます」

十かそこらの少年のように、佑之進は口を尖らせると、勢い込んで兄のほうに向き直った。

「兄上も、わたくしに分家を持たせることに、やはりご異存があったのでございましようか？」

「………！」

雄五郎の顔つきが、さすがに変わった。

当然といえば当然であろう。今の佑之進の言いようは、あまりにも馬鹿正直で、遠慮というものがなさすぎる。

だが一つ「ああ、そうか……」と、荻生には判ったことがあった。今の佑之進の、まるで幼い子供のような物言いを聞いてのことである。中奥での三谷佑之進の健気さや、不器用なまでの実直さ、心に思うことをまだ上手く言葉にできず、それがために自分自身にいらついて、絶望し、急にすべてを投げ出したくなる性急さは、すべてこの佑之進の、いまだに少年のような幼さにあったのだ。

三谷は決して臆病な訳でも、おとなしすぎる訳でもない。ただ単に十七、八という年齢にしては純真で、幼くて、他の者らが要領よく仕事を加減して済ませてしまうところを、何でも全力でやろうとするため、仕事が二つ、三つと重なると上手くこなせなくなってしまうのだ。

荻生がそんなことを思っていると、今度は兄の雄五郎が、弟とそっくりに、その口を尖らせてきた。

「『二百石しか分けてやれず、すまぬ』と申したではないか。本当は三百分けてやりたかったが、親戚も、姉上たちも許してくれなかったのだ。二百では、中奥に入ってからも何かと肩身が狭いのではあるまいかと思うたが、私一人ではどうにもならぬ」

「……兄上……」

と、小さく口に出すが早いか、佑之進は、本当に子供のように泣き出した。

そうしていったん泣き始めてしまうと、涙が止まらなくなってきたらしい。三谷佑之進は、しゃくり上げて泣き続けている。

雄五郎はそんな佑之進の側まで膝行《いざ》り寄ると、弟の背中に手を伸ばして、優しく撫でてやり始めた。

「おまえ、やはり二百石では、肩身が狭かったのであろう？　切腹を考えるほどに思い詰めておったなら、皆に内緒で文でも寄こせばよかったのだ。さすれば私とて、いま一度、腹を括《くく》って、親族や姉上たちに談判《だんぱん》してみたものを……」

「いえ、兄上……。決して、決してそうではございませぬ。わたくしは、ただ……」

しゃくり上げて途切れ途切れになりながらも、佑之進は兄を安心させようとして必死なようだった。

「わたくしは、失態続きの自分が情けなく、怖ろしゅうなってきたのでございます。暮れにも一つ、とても大きな間違いを仕出かしまして、古参のお方にご迷惑をおかけしてしまいました。姉上方の申されるよう、いつか私はお役目の失敗で、分家ばかりか兄上のご本家にまで迷惑をかけてしまうやもしれませぬ。なれば、いっそと……」

衝動的に腹に脇差を突き立てようとしたが、間に合わず、その古参の先輩たちに手を押さえられてしまった。

そうして切腹にまで失敗したとなると、畏《おそ》れ多くも城内で切腹の穢《けが》れを出しかけた自分は、本当に御家断絶《おいえだんぜつ》になるかもしれず、その累が兄上の本家にまで及ぶことになりかねない。

いよいよもって死んでお詫びをしなければと思ったが、目付方や家中の者らに見張られているため、普通には自害もできず、ただひたすら物を喰わずに餓死することしかできないと、思い詰めていたのだ。

「本当に申し訳ございませぬ。城中で、かようなことを仕出かすなどと、まことにもって、わたくしは……」

と、兄を前に土下座している佑之進の姿に、梶山は放っておけなくなったのであろう。

横手から、目付方としてはいささか良くはない言葉をかけてしまっていた。

「分家は駄目になりましょうとも、ご本家までが潰されることはございますまい。そのために中奥勤めの方々は、万が一にも御家を潰さずに済むよう、家督を継がれないご次男やご三男が分家を立てて、ご出仕なされるのでございますから」

「これ！」

まだ正式に裁決がなされていない一件について、勝手な予想で「こうなろう」などと沙汰を語ってはいけない。もしそうならず、予想よりも厳しい沙汰が下りることになったら、大変なことになるからだ。

だが荻生が小さく梶山を戒めようとしたのには気がつかず、前で佑之進は腫《は》れた目を輝かせてきた。

「まことでございますか！」

佑之進が訊ねる目を向けてきたのは、よりにもよって荻生《こちら》である。

仕方なく荻生は、ため息をついてこう答えた。

「沙汰については、上《うえ》つ方《かた》のご裁断《さいだん》ゆえ、しかとは判らぬ。だが、そなたの腹からは、血は一滴も出んかったのであろう？　城中を血で汚した訳ではないことは、目付方《こちら》からも十二分にお伝えするゆえ、あとはご裁断を待ってくれ」

「はい。お有難う存じまする。弟のこと、よろしゅうお願いをいたしまする」

荻生に真っ直ぐ目を向けてきたのは、雄五郎のほうである。

こうして三谷の兄弟は、心を一つにして沙汰を待つこととなり、これまで必死に世間に秘めてきたこの「切腹騒ぎ」は、いよいよ正式に幕府の知るところとなったのだった。

七

沙汰は存外、なかなかに出なかった。

中奥にいたことのある荻生が、当初から案じていた通り、上様の側近が御殿のなかで切腹しようとした事実は、さまざまな問題を複雑に孕んでいたのである。

まずは城中の、それも本丸御殿のなかを「切腹」などという禍々《まがまが》しいことで穢した罪に対して、どうするかという裁断である。

これには二つ、考え方に道があり、

「そも江戸城《しろ》で切腹を試みるなど、けしからん！」

という上つ方と、

「だが実際は、切り傷にもなってはおらんのだろう？　『切腹』と聞いて驚いたが、汚れた部屋一つないのであるなら、当人を御役御免にするだけでよいのではないのか」

という上つ方とが、ほぼ半々で拮抗し、決着がつかなかった。

それゆえ次に裁断の対象とされたのは、城中で切腹を試みたのが、よりにもよって小納戸であった事実である。

上様のお側近くに仕える役人が、城中でこれ見よがしに「切腹」なんぞを試みたりすれば、必ずや中奥に悪い噂が立つこととなる。

中奥勤めの役人どうしで「ひどく虐《いじ》められた」だの、「喧嘩をした」だのというだけならまだしもだが、「上様の勘気に触れて、それを苦にして切腹を……」などと、まことしやかに噂が立てば、「勘気を被ったその理由は何なのか？」と、上様までが痛くもない腹を探られることになりかねない。

「そんなご無礼を、上様におかけするなど言語道断だ！」

という意見と、

「そも三谷というその小納戸は、暮れの納戸払いの手違いを気にして自害を試みたというではないか。そうして理由も、すでにはっきりとしておるのだから、『勘気を被った』などという噂が立つ訳がない」

と、楽観視する意見とが、やはり半々というところであった。

ただそうして、常に意見が半々に割れていた上つ方も、一つだけ一致をした部分があった。

こたびの当事者である小納戸の「三谷佑之進」を、御役御免にして中奥から追放することである。

中奥に勤めるということは、上様のお側近くでお仕えするということである。

その側近が「切腹を試みた」ということ自体、禍々しいことであり、それを再び上様のお側近くに行かせるなど考えられないというのが、御用部屋の総意の判断だったのだ。

かくして三谷佑之進の御役御免だけが定まって、そのあとの「三谷の分家を潰すか否か?」「分家を潰すだけではなく、本家にも何らかの処罰を与えたほうがいいのかどうか?」、また「このような騒ぎを起こした三谷佑之進ゆえ、やはり切腹を申し付けたほうがいいのではないか?」というような、肝心の諸々については、いっこうに裁決が決まる気配がなかったのである。

その長引く裁断に、鶴の一声で「構いなし」を決めたのは、上様であった。

八

「ほう……。やはり上様のご裁断には、貴殿が一枚、嚙んでおったか」

嬉しそうにそう言ったのは、目付方の筆頭・十左衛門である。

今ここは、余人のいない目付方の下部屋で、十左衛門と荻生朔之助の二人きりであった。

「上様よりのご命じで、目付の私に直に仔細をお訊ねになられたことは、御用部屋にも世間にも、内密となっておりますので……」

荻生の声は、いつも以上に慎重になっている。

だが十左衛門は、我慢できずに小さく笑い出した。

「それは重々承知だが、そも貴殿、こうして儂に話してしまってておるではないか」

「やっ……！」

と、荻生は心底からそれに気づいていなかったらしく、自分の口に手を押し当てて、真っ青になっている。

そうして紛《まぎ》れもない「言い訳」として、小さい声でこう言った。

「いつものように、ただのご報告を申し上げているつもりでおりました……」

「まあ、さよう、『報告』よ。すでに沙汰も下りた一件ゆえ、目付部屋《へや》で合議にかける必要もござらぬし、この耳だけの報告でよかろうさ」

「はい……。お有難う存じまする」

めずらしく、荻生はじっとりと冷や汗をかいて、身を縮めている。

荻生朔之助が、あの「剣持」を経由して、上様よりのお文をいただいたのは、三谷の処分についてが御用部屋内で紛糾《ふんきゅう》している頃だった。

内容は、こたびの一件についての「経緯」と、担当の荻生自身が「これをどう見たか？」という質問と、もう一つは「本当に、血の一滴も出なかったのか？」という三点である。

その極秘の上様よりのお文に、荻生は長い回答を書いた。

むろん荻生は目付であるから、三谷を庇って良いように書く訳はない。

ただ淡々と、自分や梶山ら配下が調べたことを書き綴《つづ》っただけであったが、おそらくは「血は一滴も出なかった」という真実が、御用部屋を説き伏せようとなさった上様のお力になったのだと思う。

三谷の腹から血が出なかった事実については、むろん直に見た剣持たちが証言したに違いない。

その自分の側近たちを信じない上様ではないが、それでも一応、目付の自分にも確かめてくださったことが、荻生には何よりも嬉しかった。自分はやはり、上様お直々に推薦されて、目付部屋《こ》に入った目付なのだ。

「上様が、こうして我ら目付を頼りにしてくださいますことが、やはり嬉しゅうございますね……」

本当は頼りにされたのは自分一人だが、荻生は「ご筆頭」にそう言った。

「いや、荻生どの。それは違うぞ。上様は目付を頼られた訳ではない。もし普通に『目付の意見を……』というのなら、文を極秘になさる必要はなかろう。おそらくは、こたびの担当が貴殿と聞いて、ただもう『荻生』が懐《なつ》かしく、そなたがどう、これを見たのか、そこを知りたいというお気持ちだけで、お文を書かれたのであろうさ。だからこそ、貴殿とだけの極秘の文という訳だ」

「…………！」

うっかり涙をこぼしそうになって、荻生は目を開いて、懸命に耐えた。

十左衛門はすでに立ち上がって、一足先に下部屋から出ようとしている。

たまには存分に、「荻生どの」に、上様や中奥を懐かしんでもらおうという、粋な計らいであった。

第三話　小伝馬町牢屋敷《こでんまちょうろうやしき》

一

いざ何ぞか犯罪が起こって、下手人《げしゅにん》と思しき者を捕まえた際に、それが間違いなく下手人であると調査《しらべ》で確定するまでの間、そのいわば「未決囚」を、誰が、どこで、どのような形で預かるべきか、実際のところはなかなかに難しい問題である。

たとえばその未決囚が、幕臣武家の大名や旗本であった場合には、主には親戚筋や縁者などの武家が、幕府に命じられて預かることとなる。

それというのも武家ならば、自家の家臣を昼夜の別なく見張りにつけて、逃げられないよう監視することができるからである。

もし万が一、逃げられたりすることがあれば、それは直ちに預かった武家の落ち度となるから、必定《ひつじょう》、その万が一が起こらぬよう、細心の注意を払うこととなる。

　そんな訳で、たとえばその未決囚が預かり先の武家のごく近親の者であったとしても、幕府の側からすれば、逃げられる心配も、逃がす心配もしなくていいということなのだ。

　だが一方、旗本以下の、あまり家臣を持っていない御家人たちや、町人や百姓たちが未決囚となった場合には、大身《たいしん》武家の場合のように親類縁者に預ける訳にはいかないため、幕府直轄の小伝馬町《こでんまちょう》にある『牢屋敷』という施設で預かることとなっていた。

　神田や日本橋にも程近いにぎやかな小伝馬町の町場の真ん中を、大きく四角く切り取った形で造られている「小伝馬町の牢屋敷」は、実に敷地の面積が二千六百坪余りもある。

　その広大な四角い敷地を、高い塀《へい》と堀や土手で囲んだうえに、塀の上には囚人の脱走防止に竹柵の「忍び返し」をぐるりと巡らせてあるため、幕府の施設であるこの牢屋敷は、小伝馬町の町場のなかにあって、ひときわ異様な風を見せつけていた。

　内部は大小、幾つもの棟《むね》に分かれて建物が建てられており、未決囚はそれぞれ身分で分けられて、専用の「牢部屋《ろうべや》」に収容されている。

　幕府からこの牢屋敷の支配を任されているのは、役高三百俵十人扶持の『牢屋奉《ろうやぶ》行《ぎょう》』で、旗本身分のこの牢屋奉行の下には、役高二十俵二人扶持の『牢屋同心』五十名と、給金が年に二両と一人扶持の『牢屋下男《しもおとこ》』三十名とがおり、それぞれに担当や当番を決めながら、日々、未決囚の監視と世話、刑罰執行の雑用などをこなしていた。

この小伝馬町の牢屋敷が日々問題なく機能しているか否かを監察するのも、目付方の仕事の一つである。

牢屋奉行以下、同心や下男ら牢屋敷の役人たち幕臣が、不正や怠惰《たいだ》に傾いてはいないか、また牢に入れられている囚人たちの様子に異変はないかを監察するため、日に一度、わざと何刻頃《なんどき》に行くかが判らないよう「抜き打ち」の形にして、目付方から徒目付ら配下が出張っていき、牢屋敷内の巡視を行っていた。

抱えている案件の数が少なくて、比較的に時間に余裕のある徒目付が交替制を取りながら、小人目付数人を供に連れて、出張っていくのである。一日に一回、たまにごく早朝や夜なども狙って、牢屋敷側の不意をつく形で巡視するのだ。

海千山千の囚人たちになめられることのないよう、かつまた何かと問題が起きやすい牢屋敷の異変を鋭く察知できるようにということで、牢屋敷に巡視に出張っていく際には、皆なるだけ威風堂々《いふうどうどう》とした立ち居振る舞い《たいふま》を心掛けたうえで、牢屋敷内のあちこちに細かく監察の目を配るようにしていた。

三月もあと数日で終わろうというある日のこと、目付方ではこの日はわざと夜の五ツ刻（午後八時頃）を狙って、小伝馬町の牢屋敷に巡視の者を差し向けていた。

巡視の当番の徒目付は、「寺里紀八郎《てらさときはちろう》」という四十五歳の者である。

いつものように供には小人目付を一人だけ引き連れて小伝馬町へと向かい、牢屋敷の前まで着いて、門番に訪《おとな》いを入れると、すぐに目付方の寺里たちを出迎えて、牢屋同心が二人、提灯《ちょうちん》を持って現れた。

「寺里さまでいらっしゃいましたか。いやどうも、お待ちいたしておりました」

目付方からは、こうして毎日誰かしら巡視に来るため、今日の寺里紀八郎もすでに顔を覚えられているらしい。提灯の明かりに照らし出されたその牢屋同心の顔をよく見ると、寺里も見知っている男であった。

「いやこれは、川口《かわぐち》どの。夜分にすまぬが、案内《あない》を頼む」

「はい。なれば、さっそく……」

正門の脇にある潜り戸を抜けると、二千六百坪余りもある牢屋敷の敷地のなかは、夜の闇に包まれて静まり返っていた。

この広い闇のなかに、今はたしか三百二十人余りの未決囚がいるはずであった。

牢屋敷で預かる未決囚の数は、多い時で四百人前後、少ない時でも三百人くらいはいる。むろん毎日、入牢《にゆうろう》する者も出牢《しゆつろう》する者もいる訳だから、日々人数はまちまちではあるのだが、牢屋敷では、この三百人からいる未決囚たちを身分や性別によって部屋を分けて収監しているため、牢部屋が十二もあった。

なかでも一番に大きい牢舎《ろうしゃ》が、『東牢《ひがしろう》』と『西牢《にしろう》』と呼ばれるものである。東牢の棟と、西牢の棟との間には、牢屋同心や牢屋下男たちが交替制で見張りに詰める『張《はり》番所《ばんしよ》』が作られており、その番所の左右に四つずつ、牢部屋が連なっていた。

張番所から近い場所から順番に、まずは御家人や陪臣《ばいしん》（武家の家臣）、僧侶や医師などが罪を犯すと入れられる『揚屋《あがりや》』という牢部屋が二部屋続いている。張番所に近い揚屋は十五畳、その隣は十八畳あった。

この二つの揚屋の隣にあるのは、『大牢《たいろう》』と呼ばれる三十畳もの広さの牢部屋である。この大牢には、町人身分の男の未決囚たちが集められており、大抵は七、八十人ほど収監されている。

その大牢の隣で、牢舎の一番端にあるのが『二間牢《にけんろう》』という二十四畳の広さの牢部屋である。ここは俗に「無宿牢《むしゆくろう》」などとも呼ばれる通り、親兄弟に縁を切られて戸《こ》籍《せき》のない無宿人《むしゆくにん》が入れられる牢部屋で、大牢に比べると、凶悪な犯罪を起こした囚人も多い。

　この二間牢にも、やはり常時七、八十人ほどは収監されているため、東西の大牢と二間牢、合わせて四部屋だけで、牢屋敷内で預かる未決囚の八割以上を占めていた。

「では、川口どの。まずは、西牢から参ろうか」

口火を切ったのは、寺里紀八郎である。

牢屋敷の正門は西南の方角に作られているため、門からは西牢の牢舎が近いのだ。

「ははっ」

寺里の言葉に従って、川口ら案内の同心たちは、夜の闇に包まれた大きな西牢の棟へと歩き出した。

　東西どちらの牢舎の棟も、四方の外壁全体が、角材の格子《こうし》で「檻《おり》」の状態になっており、各牢部屋の室内《なか》まで何とか風が通るようにと設計がなされている。

　さりとて四方の壁すべてが格子では、風の吹き抜けが酷《ひど》すぎてしまうし、何より囚人たちの脱獄の不安があるため、外壁が檻になっている建物のなかに、二重に檻を重ねる形で、四つの牢部屋が並べられていた。

　日中の巡視であれば、牢屋同心に牢舎の鍵を開けてもらって建物の内《なか》まで入り、外壁の檻と、牢部屋の檻との間の廊下を歩いて、各牢部屋に異常がないかを見てまわる。

廊下の幅は一間半《いっけんはん》(約二・七メートル)ほどで、その廊下から牢部屋の一つ一つに順番に声をかけて、牢内《なか》にいる囚人たちと言葉を交わしていくのだ。

だが今日は夜間の巡視で、囚人たちのなかにはすでに寝ている者もいるため、廊下には入らずに、外壁の檻から提灯で照らして牢部屋の内部《なか》を覗き込みながら、声をかけてまわっていた。

「江戸城《おしろ》から、御目付方皆さまのご巡視である」

まずは牢屋同心の川口が牢部屋のなかへと声をかけると、『牢名主《ろうなぬし》』と呼ばれる古参の囚人が、皆を代表して答えてきて、

「御賄《おまかない》から御無湯《おむゆ》まで行き届きまして、有難き仕合《しあわ》せぇ」

と、そんな調子に言ってくる。

御無湯というのは、「御呑湯《おのみゆ》」が訛《なま》ってできた牢内特有の言い方で、つまりは決まり文句なのである。

その牢部屋のなかに向かって、寺里もていねいに声をかけてまわっていた。

「徒目付の寺里紀八郎である。何ぞ申したき儀《ぎ》のある者は、遠慮のう申すがよいぞ」

だが実際、いつ何時、どの牢部屋をまわっても、

「申し立つる儀、これ無《な》しにてございますぅ」

と、いささか語尾の間延びした妙な決まり文句が返ってくるだけだった。

だが西牢の棟が終わって、東牢の棟へと移り、いわゆる「東の大牢」までまわってきた時である。他の牢部屋と同様に、

「徒目付の寺里紀八郎である。何ぞ申したき儀のある者は、遠慮のう申すがよいぞ」

と、寺里が繰り返すと、とんでもない異変があった。

「おそれながら……」

と、なんと牢部屋のなかから、牢名主ではない囚人の一人が、声をかけてきたのである。

二重になった檻の向こうから声をかけてきたのは、齢《よわい》六十は優《ゆう》に越していようと見える男で、提灯を差し向けてよく見れば、他の囚人たちに左右から身体を支えてもらって、ようやく上半身を起こしているような状態である。

牢内に出やすい風邪や腹痛などの病気に、罹《かか》っているのかもしれなかった。

「よし、聞こう。何なりと、有体《ありてい》に申してみよ」

二重の檻ごしながらも、寺里が精一杯に男に近づいてしゃがみ込むと、

「へい」

と、男は低い声で、先を続けて言ってきた。

「あっしは『吾助《ごすけ》』と申しやして、大川《おおかわ》で船頭をしている者《もん》でごぜえやすが、覚えもねえのに『火付けをした』だの、『人殺しをした』だのと言われて、こうしてお牢に入れられてしまいやして……」

「………！」

この言い立てに、正直、寺里は驚いていたが、「吾助」とやらの言い分が真実か否かが判らないため、安易に言葉を返すことはできない。

だがその代わりに、「おまえの言い分は、この先も全部、しっかり聞いてやるつもりだぞ」と判るよう、大きく何度もうなずいて見せてやった。

「お有難うごぜえやす……」

重なった檻の向こうで、男は小さく頭を下げてきたようである。

だがそれに続けて、驚くべきことを付け足してきた。

「けどお役人さま、あっしゃァ誓って、火付けも殺しもしてねえんでごぜえやすよ。焼けたのは、佐賀町《さがちょう》にある『越川《こしかわ》』ってえ船宿《ふなやど》でごぜえやして……」

と、男が必死に、そこまで言ってきた時である。

「うるせえぞ！　夜中にいつまで、くっ喋《ちゃべ》っていやがるッ！」

怒鳴り声が聞こえてきたのは、大牢の隣にある「東の二間牢」からである。

二間牢には無宿人ばかりが入れられていて、乱暴者や極悪人も多いから、その陰湿な雰囲気をあからさまに出して、隣の牢内は、すぐに怒号の嵐となった。

「うるせえ！　こっちゃァもう、寝てるんだッ！」

「黙れ！　この大嘘つき野郎がッ！」

二間牢の檻の暗闇の奥が、どんどん沸き立ってくるようである。

「あの、寺里さま。もう、このあたりで……」

とうとう川口が、横手から止めてきた。

「…………」

無実を訴えているこの男が気になるが、あまりに隣の牢がうるさくて、どうやらもう聞き取ることもできないようである。

それでも寺里は、外壁の格子の間に鼻先を突っ込むようにして、声を張って、さっきの船頭に声をかけた。

「そなた『ごすけ』と申したな？　焼けたのは、佐賀町の船宿で間違いないな？」

「へい、『吾助』でごぜえやす。船宿は『越川』でごぜえやす。『佐賀町の越川』でごぜえやすんで……！」

「うむ。相判ったぞ」

二間牢の無頼者《ぶらいもの》たちの怒声は、執拗《しつよう》に続いている。

その悪口雑言《あっこうぞうごん》に、かえって自分たちで盛り上がり、妙な具合に嗤《わら》い声まで聞こえていた。

「お役人さま！　どうか、どうか、どうか……！」

怒声のなかに、かすかに吾助の声を聞き取りながら、寺里紀八郎はその場を後にするのだった。

二

徒目付の寺里紀八郎が急ぎ報告に駆けつけたのは、目付方の筆頭・妹尾十左衛門のもとであった。

吾助と名乗ったあの男は町人であるから、支配の筋《すじ》は『町方』で、事件を調べ、吾助を犯人として小伝馬町の牢屋敷に収監したのも、むろん町方ということになる。

その町方の捜査《しらべ》にケチをつける形で、「吾助は濡れ衣だと申しておるが、どうなのだ？」と、あの町人の訴えを取り上げようとしているのだから、町方《あちら》が目付方《こちら》を良く思う訳がなく、それゆえ「この一件は、ほかの御目付さま方々ではなく、やはり是非《ぜひ》にもご筆頭に……」と、十左衛門のもとに駆け込んできたのである。

目付部屋で一報を受けた十左衛門は、さすがに表情を険しくした。

「して紀八郎、仔細《はなし》はどこまで聞けたのだ？」

「なにぶん牢の格子越しでございますし、あちらも周囲を憚《はばか》ってか、詳しゅうは話してこなかったのでございますが、火を付けたと疑われておりますのは、『越川』という佐賀町の船宿だそうでございまして」

船宿というのは、屋形船《やかたぶね》や釣り舟、猪牙舟《ちょきぶね》などを、客の注文に応じて仕立てる船便の運送屋のことで、たいていは川沿いに店があり、客が来店してくると、抱えの船頭に命じて船を出させるのである。

「なれば、その『越川』という船宿に勤めておったということか？」

「いや、そこまでは判らないのでございますが……」

大牢のなかから、「お役人さま」と声をかけてきた吾助が訴えてきたのは、「自分は誓って、火付けも人殺しもしていない」こと、「焼けたのは、佐賀町にある『越川』という船宿だ」ということの二点のみである。

「『あっしは吾助でごぜえやす。焼けたのは佐賀町の越川でごぜえやす』と、とにかくもう、それればかりを繰り返しておりましたので」

「調べ直しをして欲しい、ということであろうな」

「はい……」

未決囚である自分の名と、事件現場の場所さえ判れば、どの案件か調べて、改めて調査し直してくれるかもしれないと考えて、寺里の記憶に残るよう、吾助はひたすら繰り返したのであろうと思われた。

「紀八郎、そなたには、どう見えた？　その吾助という者、まこと無実であるように思えたか？」

十左衛門が訊ねると、

「はい……」

と、控えめながらも、寺里はうなずいてきた。

「改めて目付方《こちら》に一件を調べられましても、自身には一片の不都合もないからこその、あの訴えようなのではございませんかと」

「さようさな……」

十左衛門も同感であったが、さて、ではいざそうなるというと、吾助を犯人と見て捕らえたのであろう町方の調査《しらべ》が間違っている、ということになる。

どうやらこれは目付方のこちらも、腹を括《くく》って調べ直すより他にはなさそうであった。

「よし。なれば目付方《こちら》で、調べ直しをいたさねばならぬが……」

十左衛門は、改めて寺里に向き直った。

「どうだ、紀八郎。できるか？　その吾助が無実か否か、ある程度の判断がつくようになるまでは、町方に知られる訳にはいかぬぞ」

「はい。心得ましてござりまする」

寺里は真っ直ぐ十左衛門《こちら》に、目を合わせてくる。

そんな寺里紀八郎に、十左衛門もうなずいて見せるのだった。

三

翌朝より、さっそく再調査が始まった。

十左衛門の指揮のもと、目付方配下の取りまとめ役として立ったのは、もちろん寺里紀八郎である。

寺里は、なかなかに苦労をしてようやく『徒目付』にまで上がってきた男で、四十五という年齢ながら、徒目付となったのは、つい去年のことなのである。とはいえ、それまで長く二十年近くも小人目付を続けていたため、目付方の案件の調査には精通しており、今いる小人目付のなかにも多く親しい後輩がいるため、そうした配下の取りまとめには最適の男といえた。

こたびの案件では、町方に悟られぬよう再調査をしなければならないため、皆それぞれ町人に化けて、船宿『越川』のある佐賀町の近辺を探ることとなった。

深川の佐賀町は、大川に沿って広がる水運業の盛んな町で、あちらこちらで船荷の荷揚《にあ》げも多いから、その荷揚げ人足《にんそく》として雇われて働けば、佐賀町の町場の者たちとも繋がりを持つことができる。

川端《かわばた》に建てられている『越川』は、ほぼ全焼に近い状態で、わずかに燃え残っている一部も、とてものこと使えるような状態ではなかった。

それでも少しく幸運といえたのは、『越川』が川端に建ち並ぶ店々の角地に建っていたことで、左側には隣がなく、右側だけに隣家があったが、その隣家との間には修理が必要な船などを陸揚げしておく大きな納屋《なや》があったため、そこで類焼が止まって、隣家には迷惑をかけずに済んだようだった。

こうして佐賀町の町内では『越川』だけが火事に見舞われ、無残な跡を残しているため、必定、ひどく目立って、何かと人の噂にもなっているらしい。

寺里が幾人かの小人目付たちと手を分けて、『越川』の一件について、人足仲間や周辺の小店などからさりげなく聞き込みを始めてみると、あの吾助が「自分は火付けも人殺しもやっていない」と言っていたことの詳細が判ってきた。

二ケ月《ふたつき》ほど前に起きたという『越川』の火災では、焼け跡からこの店で船頭をしていた「弥太郎《やたろう》」という男が遺体で見つかっており、その弥太郎と吾助が火事の当日の朝方、店の裏手で派手な口論をしていた事実《こと》が、吾助をしごく不利にしたらしい。

喧嘩の後も、どうにも怒りが収まらずにいた吾助が、弥太郎を匕首《あいくち》か何かで刺し殺して、その遺体ごと証拠を消すために、越川に火を付けたのではないかと、町方はそう見ているようなのである。

それというのも当日の朝方の喧嘩は、船頭仲間が他に三人もいる前で始まったのだそうで、最初は互いに口汚く罵《ののし》り合っていただけだったのが、ついには胸倉を摑《つか》み合うまでになってきて、慌てて他の者たちが二人の間を引き分けにかかったそうだった。

「へーえ。ならやっぱり、そん時の喧嘩を根に持って、殺《や》っちまったってことで?」

人足たちを相手にそう言ったのは寺里で、今、寺里紀八郎は配下の小人目付二人とともに、荷揚げ人足の仲間たちに混じって飯屋《めしや》で酒を飲んでいる。

この飯屋には『越川』の船頭たちもよく来るそうで、人足仲間のなかの幾人かは、越川の船頭たちとも知り合いだそうだった。

「いやあ、聞いたかぎりじゃ、そんな大それた喧嘩じゃなかったようだぜ」

いま答えてきた人足も越川の船頭とは飲み仲間で、その船頭が、吾助と弥太郎の喧嘩を止めた三人のうちの一人であったらしい。

「なんでも弥太郎さんが、自分が乗せた客を相手に、一節《ひとふし》、腕自慢をしたとかで、『てめえなんざ、まだ大《てえ》したこともねえくせに、妙な腕自慢をしやがって、客が呆れて、うんざりしてんのが判らねえのか』とまあ、まずは吾助さんのほうが最初に叱りつけたらしくてよ。そしたらあの弥太郎さんが『何をォ!』てんで、摑み合いになったんだってさ」

「じゃあ、『後々《あとあと》まで根に持って……』っつうなら、吾助さんより、かえって弥太郎って船頭さんのほうか……」

「いや、その程度の言い合いなら、飯屋《ここ》でも前《めえ》にやってたぜ」

横手から、今度は別の人足が言ってきた。

「そん時は弥太郎さんが、『足の踏ん張りも利かねえ爺ィのくせに、一丁前《いっちょめえ》に説教なんざするんじゃねえ!』なんぞと言っちまったもんで、吾助さんのほうが血相変えて、手ぇ出してたな」

「手ぇ出したっつうと、やっぱり、こう？」

寺里がこぶしを握って、拳骨《げんこつ》を喰らわす動作をして見せると、その人足はうなずいた。

「そう、そう……」

と、その人足はうなずいてきた。

「あん時もけっこう派手な喧嘩でよォ、店を壊すんじゃねえかと、女将《おかみ》と一緒にハラハラしたぜ。なあ、女将？」

「まあねえ……。でも、いつものことだから」

会話《はなし》に巻き込まれて奥の台所から出てきたのは、この飯屋の女将である。

五十がらみの実に愛想のいい女将で、今もいかにも気にしてないという風に、笑顔を見せている。

どうやら亭主はいないようで、手伝いの女を一人だけ使って、店を切り盛りしているようだった。

「その二人、そんなに始終、言い合いをしてんのかい？」

寺里が訊ねると、

「そう、そう」

と、女将は何度もうなずいてきた。

「あの二人は、どっちも腕が自慢の船頭だから、何かにつけて揉めるのよ。でも、ただそれだけ……」

「へーえ」

さすが商売人だけあって、店の客の悪口は言わないようにしているのかと、寺里が女将に感心していると、女将はさらに客を庇って、言い出した。

「それにあの吾助さんってね、たしか若い頃だと思うけど、火事でおっ母さんを亡くしてるんだって。住んでた長屋が火事になったみたいでね、ちょうど吾助さんは留守だったみたいで……」

「ああ、それなら俺も、前《めえ》に聞いたことがある。贔屓《ひいき》の客に頼まれて、夜舟で吉原《よしわら》に送り迎えをしていたら、その間に長屋が近所のもらい火で焼けちまったそうだ」

人足の一人がそう言うと、思わぬ話に、場は一気に静まり返った。

「そんな事情があったんなら、吾助さんは、火付けはしねえかもしんねえな……」

別の人足の言葉に、

「そう、そう」

と、女将はうなずいて、つとこちらに、くるりと背中を向けてきた。

「じゃあね。ごゆっくり……」

女将が奥へと立ち去ると、皆いよいよ、しんみりとなってしまった。

そうして、いささか酔いも醒《さ》めたような塩梅《あんばい》になり、程なく散会となったのであった。

四

目付部屋にいた十左衛門が、寺里から報告を受けたのは、その翌朝のことである。

一連の話を聞き終えると、十左衛門は直ちに『牢屋奉行』に接見の要請をするべく、寺里を小伝馬町に走らせた。

牢屋奉行を長とする未決囚収監の業務を、幕府では『囚獄《しゅうごく》』と呼んでいるのだが、そのほぼすべてを牢屋奉行に一任し、小伝馬町の牢屋敷のなかだけで執行させている。

窃盗《ぬすみ》に詐欺《さぎ》、密通《みっつう》、人殺しなど、いわば人間の醜さばかりを集約した『囚獄』という所管を、幕府は善良な江戸市民の目から隠そうという意図があり、高い塀と堀や土手で厳重に取り囲んだ牢屋敷のなかに、すべて詰め込んだのだ。

その牢屋敷の長官である役高三百俵十人扶持の『牢屋奉行』の役宅も、小伝馬町牢屋敷の広大な敷地のなかにあった。

目付方から筆頭の十左衛門が来ることは、すでに朝方、寺里を使いに出して伝えてあるから、牢屋奉行《あちら》も構えているはずである。

案の定、牢屋奉行の役宅の門前には、十左衛門ら目付方一行を迎えるべく、牢屋奉行をはじめとした配下の牢屋同心たち幾人かが立ち並んで、到着を待っていた。

「お初にお目にかかります。囚獄の『石出帯刀《いしでたてわき》』にてござりまする」

口火を切って挨拶《あいさつ》してきたのは牢屋奉行の石出帯刀で、寺里があらかじめ調べたところによれば、石出は一昨年、先代の父親を亡くして家督を継いだばかりだそうで、まだ二十三歳で妻帯もしていないということである。

この「石出帯刀」という名前は、石出の祖先が神君・家康公から未決囚の預かりを命じられた頃からずっと、石出家の当主が代々引き継いでいる名であった。

それというのも『牢屋奉行』という職は、旗本身分の幕臣が就く役職であるにもかかわらず、なぜか外部《そと》から他家の旗本が就職することのない、石出家だけの世襲となっているのである。

これは裏を返せば、「牢屋奉行に就きたい」という旗本が他には出てこないということで、理由は一点、牢屋奉行が牢屋敷を預からねばならない、いわば汚れ仕事を任されている役職だからであった。

いくら「まだ未決である」とはいえ、牢屋敷では殺人を犯した囚人まで預かって、その飲食や住居の世話をしてやらねばならないうえに、そうした囚人らの沙汰が決まって、いざ刑の執行という段になれば、その執行にもあれこれ関わらなければならないから、どうしても血の穢《けが》れが避けられない職なのである。

この何かとおどろおどろしい牢屋敷の仕事に自ら志願して就く者はおらず、それゆえ百年以上も前の家康公よりの命に従う形で、石出家が牢屋奉行を引き継いでいるのだが、それは配下の『牢屋同心』たちの家も同様であった。

血の穢れが付きものの役職に就かされているということで、世間から「不浄役人《ふじょうやくにん》」なんぞと陰口を叩かれていて、奉行の石出家と同様、五十名いる牢屋同心たちの家も、代々世襲なのである。

息子や娘の婚姻や養子縁組などの際にも、「不浄の武家《いえ》」と避けられている彼らには、他役の幕臣武家との縁は繋がらないため、牢屋同心家どうしで縁談相手を見つけるか、さもなくば町人家や百姓家と縁組をすることになる。

これは牢屋奉行の石出の家でも同様で、今の石出帯刀の妻女も江戸近郊の村の名主家の娘だそうだった。

こうして自分たちには何の落ち度もないというのに、世間から不当に卑しまれているうえに、先祖代々の世襲で牢屋敷から逃げようがないためか、今こうして十左衛門ら目付方を迎えて門前に立ち並んでくれている牢屋同心たちは、みな一様《いちよう》に陰鬱《いんうつ》で、不機嫌な顔つきをしている。

その陰鬱な顔をした牢屋同心の一人が、石出の挨拶の後に続いて、静かに名乗りをあげてきた。

「『鍵役《かぎやく》』を相務めております『間島稲蔵《まじまいねぞう》』と申す者にてござりまする。ここに並んでおりますのは配下の同心、『宗田《そうだ》』と『金杉《かなすぎ》』にてございまして……」

と、間島から紹介された二人も、名乗って頭を下げてきた。

「『数役《かぞえやく》』の宗田兼太郎《かねたろう》にございます」

「『打役《うちやく》』の金杉弘之助《ひろのすけ》にてございまする」

「目付の妹尾十左衛門にござる。これにおるのは、徒目付の寺里紀八郎で……」

「はい。わざわざのお運び、お有難う存じまする」

と、少しく妙な具合に間島が言葉を返してきて、十左衛門も他の者らも、一瞬、驚いて目を見開いた。

まずは十左衛門《こちら》が名乗っているのに、それを途中で断つように「はい」などと、妙な返事をしてきたことである。まあ、たしかに、日頃たびたび牢屋敷の巡視に来ている徒目付の寺里とは初対面ではなかろうから、「寺里さまのことは存じ上げております」と、そう言いたいのかもしれないが、初対面の、それも他所《よそ》では何かと怖がられる『目付』に対して、なかなかの度胸ではないか。

おまけに間島がその後に続けた、「わざわざのお運び、お有難う存じまする」というのも、いささか皮肉と捉えられても仕方がないような物言いであった。

それというのも「囚獄」と呼ばれる牢屋敷付きのこの役方は、大きくは『町奉行』の支配下に含まれているのである。こたびの一件は、その町方の調査《しらべ》に異を唱えることになるから、町方の傘下としては気に入らないのかもしれないが、「わざわざのお運び、お有難う存じまする」とは、これもなかなか十左衛門《めつけ》に対し、肝《きも》の据わった挨拶である。

だが逆に、ここまではっきり拒絶感のごときを示されると、お互いの現在《いま》の立ち位置が判って、十左衛門にとっては、かえってやりやすいというものだった。

「貴殿が『鍵役』をされておるなら、こたびが一件《こと》にも詳しかろう。このあとの石出どのとの会談に、是非にもご同席いただきたい」

「心得ましてござりまする」

五十名いる牢屋同心のなかでは、間島の就いている『鍵役』が筆頭で、定員二名のこの鍵役が他の同心たちを指導・監督しながら、牢屋敷内にある牢部屋のすべての鍵を預かっている。最古参の二名が命じられるこの鍵役は、同心たちの「頭《かしら》」役ということもあって、他の平《ひら》同心たちの役高が二十俵二人扶持であるのに対して、鍵役には四十俵四人扶持が支給されていた。

その鍵役・間島稲蔵の案内で役宅の客間に通されると、十左衛門はさっそく話を切り出した。

「先般この寺里が、東の大牢の『吾助』という者より訴えを受けたのは、ご承知でござろうが、その『吾助』について、牢屋敷に収監されて後の経緯など、お話をいただけまいか」

「承知いたしました」

と、牢屋奉行の石出が言うが早いか、横からスッと鍵役の間島が、何やら書状のようなものを十左衛門に差し出してきた。

「吾助がここに参りましてからのあらかたを、書き付けてございますので」

「おう、さようでござるか。いや、それはかたじけない……」

受け取って、十左衛門はさっそく目を通し始めた。

深川佐賀町の船宿『越川』が焼けて、その焼け跡から「弥太郎」という船頭の亡《な》き骸《がら》が見つかったのは、二ヶ月ほど前だったはずである。

だが間島から渡された書き付けには、事件の経緯や詳細はいっさい記されておらず、書き始めの一行目には、

『二月十日、夕《ゆう》七ツ（午後四時頃）。深川佐賀町源兵衛店《げんべえだな》、吾助六十一歳、入牢。北町御奉行・曲淵甲斐守《まがりぶちかいのかみ》さま、お掛かり』

と、吾助が入牢した日時と、吾助の住まいや年齢だけが、きわめて簡略に書かれてあった。

最後にある「北町御奉行・曲淵甲斐守さま、お掛かり」というのは、この一件が今月の当番町奉行である北町の曲淵甲斐守が担当する案件だということを示している。

続いての数行には、

『二月十二日、昼八ツ（午後二時頃）。北町奉行所よりお呼び出しのため、出牢。同日、夕七ツ半（午後五時頃）。北町奉行所より差し戻しにつき、入牢』

『二月十三日、昼九ツ半（午後一時頃）。北町奉行所より再度のお呼び出しにて、出牢。同日、暮れ六ツ（午後六時頃）、差し戻しにつき、入牢』

『二月十五日、昼八ツ半（午後三時頃）。北町奉行所より再度のお呼び出しにて、出牢。同日、夕七ツ（午後四時頃）。差し戻しにつき、入牢』

と、北町奉行所から三度にわたって呼び出しを受けた吾助が、そのたびに出牢し、同じ日の夕刻には奉行所から戻されて、再度、入牢したことが淡々と記されていた。

未決囚の吾助が北町奉行所まで呼び出される理由は、この事件を担当する町方の『与力』が、奉行所内に設けられている『詮議所《せんぎしょ》』と呼ばれる白洲《しらす》で、吾助を『吟味《ぎんみ》（取り調べ）』するからである。

この一件では、おそらく町方の与力や同心たちの捜査上に、「弥太郎殺し」の犯人としても、「火付け」の犯人としても、吾助以外の人物が浮かんでこなかったに違いなく、それゆえ一人、吾助だけが、この事件の関係者のなかから捕縛されて、三度も吟味を受けているのだろうと思われた。

だが続きの、

『二月十九日、昼八ツ。御吟味方《おぎんみがた》与力・小手文左衛門《こてぶんざえもん》さまよりのお呼び出しにて、出牢。牢屋敷内《うち》の穿鑿所《せんさくじょ》にて、牢問《ろうど》い。笞打《むちう》ち五十七回目にして失心いたしたゆえ、詮議、取り止め』

と書かれた部分に目を通して、十左衛門は愕然《がくぜん》とした。

つまりは奉行所の白洲で三度目の取り調べを受けてから四日後、なんと吾助は自白《じはく》を強要されて、『牢問い』と呼ばれる、いわゆる拷問《ごうもん》を受けていたのだ。

これまでの三度の吟味のように奉行所の白洲に呼び出して、「おまえがやったのか？」と訊かれているうちは口頭だけの詮議で済むのだが、この二月十九日のように牢屋敷の敷地内にある『穿鑿所』という建物のなかの白洲で、改めて吟味を受けるという段階になると、詮議をする町方与力の態度や物言いは、一段と厳しいものになる。

むろん穿鑿所の白洲でも、最初のうちは「おまえがやったということは、すでに判っておるのだぞ。もう素直に罪を認めて、楽になれ」などという風に説諭《せつゆ》して、静かに自白を促していくのだが、囚人がそれを素直に聞き入れないと見ると、「なれば、笞《これ》にて訊くことと相成るぞ」と、いよいよ笞の出番となる。

笞打ちは『百敲《ひゃくたた》き』などと同様で、細竹二本を麻紐《あさひも》で巻いた笞で背中を打つものなのだが、百敲きの時とは異なり、こうした際の笞打ちは「おまえがやったのであろう？　観念して白状せい！」と自白を促すために行うため、必定、なるだけ打つ回数が少ないうちに早く観念させてしまおうとして、強く打つことになる。

ただの刑罰として行う百敲きの際には、百回打っても大丈夫なように、絶妙に手加《てか》減《げん》を加えて笞を当てていくのだが、穿鑿所での笞打ちは手加減をしないから、十も続けて打たれると耐えられなくなって、自白してしまう囚人が多い。

だが今回の吾助のように、頑として罪を認めない場合には、「どうだ、白状せい！　おまえがやったのであろう？」と、文字通り、牢屋敷内の白洲で問う「牢問い」として、『笞打ち』や『石抱《いしだ》き』をされながらの詮議となる。

この二つの牢問いのうちの『石抱き』は更に過酷で、幾度か『笞打ち』で詮議をしても白状しない囚人に対して行われるものであった。

まずは「算盤板《そろばんいた》」と呼ばれる、三角に削った材木を五本並べて板状にしたものの上で囚人に正座をさせて、その腿《もも》の上に「伊豆石《いずいし》」という、伊豆産の硬くて重い石を載《の》せていくのである。

板状に切り出してある伊豆石は、長さが三尺（約九十センチ）、幅が一尺（約三十センチ）、厚さは三寸（約九センチ）と決まっていて、一枚の重さは十三貫（約四十九キログラム）もある。

角ばった算盤板に正座させられただけでも脛《すね》は痛くてたまらないというのに、腿の上に、十三貫もの伊豆石を一枚、二枚と載せられていくのだから、その激痛たるや、想像を絶するものがあった。

ところがその『石抱き』を、なんと吾助は、すでに受けていたのである。

二月十九日に最初の笞打ちを五十七回受け、二月二十三日に二度目の笞打ちを八十三回受け、二月二十八日の三度目はなんと百十一回も笞打ちを受けた後、三月八日にはこれまでの笞打ちではなく、石抱きのほうを受けていたのだ。

『三月八日、夕七ツ半。御吟味方与力・小手さまよりの再度のお呼び出しにて、出牢。穿鑿所にて牢問いをいたすも、こたびは石抱きなり。石一枚から二枚に増やしたところで総身蒼白《そうみそうはく》となりて、検視の医師より差し止めの命じあり。詮議、取り止め』

この三月八日についての記述に、十左衛門も顔面が蒼白になっていた。

笞打ちの百回超えというのも凄《すさ》まじいものがあるが、重さ十三貫もの伊豆石を吾助に二枚も抱かせてしまったということが、十左衛門をたまらない気持ちにさせていた。

もし本当に吾助が無実であったとしたら、とんでもないことである。

そうして、もう一点、さらに十左衛門を自責の念に陥《おちい》らせている事実があった。

実はこたびの吾助のように、何かの吟味で笞打ちや石抱きといった牢問いを行う場合には、あらかじめ町方から目付方へ向けて、「〇〇日、〇〇刻に牢問いをする」旨、報せをもらう規則《きまり》になっており、その報せが来ると、手隙《てすき》の徒目付が小人目付を一名連れて、牢問いの立ち会い見分《けんぶん》に出張っていくのである。

つまりはこの一連の牢問いについても、その度ごとに町方からも連絡をもらい、目《こ》付方も見分の人員を出していたはずで、それを筆頭の自分がきちんと把握《はあく》していなかったということが、大問題なのだ。

通常、牢問いの連絡は、町方から正式な書状の形でくるのだが、それを届けてくるのは町方の同心たちで、届け先は本丸御殿の玄関脇にある徒目付たちの『当番所《とうばんしょ》』である。職務柄、目付部屋には配下の徒目付のほかには、老中や若年寄の秘書役を務める『奥右筆《おくゆうひつ》』と、目付部屋付きの『表坊主』だけしか入室を許されていないため、外部からの連絡の多くは、玄関脇の『当番所』に詰めている徒目付のもとに届けられた。

それを受け取った徒目付が目付部屋まで届けてくるという運びなのだが、実際のところ牢問いの立ち会い見分の派遣は、その時に当番として目付部屋に詰めている目付が自分の手限《てかぎ》りで処理することとなっている。

それというのも、目付方にとっての牢問いの見分は、あくまでも幕臣である町方の役人たちの勤務態度を見るべきもので、与力や同心、牢屋敷の役人たちが不当に残虐《ざんぎゃく》な行為をしたり、また逆には囚人から金品などの賄賂《まいない》を受けて不当に手加減を加えたりはせぬか、そういったあたりを注視しているのである。

つまりは実際のところ、牢問いをされている囚人については、町方からの報告で罪の概略を聞き知っているだけで、「濡れ衣」であるか否かという点には、何らの注意も払ってはいないというのが現状で、町方や牢屋敷の役人たちが正常に勤務をこなしてさえいれば、わざわざ筆頭の十左衛門にまで牢問いの報告は上がってこないというのが実情なのだ。

鍵役の間島が渡してきた報告の書状は、三月八日の石抱きの牢問いの記述で終《しま》いとなっている。

その書状を、静かに元の通りに折り戻すと、十左衛門は改めて、牢屋奉行の石出や鍵役の間島のほうへと向き直った。

「いや、これは、まことにもってお恥ずかしきかぎりにござる」

十左衛門はそう言って、石出や間島に深々と頭を下げた。

「すでに、かように牢問いが進んでいたにもかかわらず、恥ずかしながら、今の今まで、いっこうに存じ上げてはおらなんだ。徒目付ら配下に対して、牢問いの見分の報告をするよう徹底せずにいた拙者の落ち度にてござる。目付方を預かる筆頭として、まことお恥ずかしきかぎりにござれば……」

と、十左衛門がそこまで言いかけた時である。横手から鍵役の間島が、割って入ってきた。

「そも御目付方の皆さま方は、我ら役人側を見張るのがお役目でございましょうし、されば、私どもに不正や失態がなくば、妹尾さまのお耳にご報告が入らずとも致し方ございますまい」

「これ、間島！　出過ぎたことを申すでないぞ！」

奉行の石出に叱責されて、

「ははっ。申し訳ござりませぬ」

と、さすがに間島稲蔵も一膝、奥へと引っ込んで、改めて十左衛門に向けて、畳に手をついて深々と頭を下げてきた。

だがよく見れば、その平伏の具合はいささか大仰《おおぎょう》で、かえって皮肉な風にも見て取れる。

その風は奉行の石出にも見て取れたものか、

「おい！」

と、再び石出は声を荒らげたが、なにぶんにもまだ奉行を継いだばかりの二十三歳の石出帯刀と、すでに五十半ばは過ぎていようと思われる間島稲蔵とでは、生きてきた重みが違うというものである。

本気か嫌味か判らぬままに、畳に平伏し続けている間島の様子に眉を寄せると、石出は言い放った。

「もうよい！　下がれ」

「ははっ」

だが間島は悪びれもせず、素直に客間から出ていった。

「まこと、ご無礼をばいたしまして、申し訳ござりませぬ」

「いや……」

謝ってきた石出帯刀に、十左衛門は首を横に振って見せた。

「間島どのの申される通りにござる。そも『見分』のお役目を、型通りに、幕臣の動向のみに限っていたしていたところに、惰性《だせい》があったのでござろうて」

「いえ、とんでもないことでござりまする。まことにもって、申し訳も……」

と、石出帯刀は再び頭を下げてきたが、それでも先を付け足して、こんなことを言ってきた。

「ただ間島も、あれはおそらくこの私を守ろうとしての、必死の攻防《こうぼう》なのではございませんかと……」

「攻防？」

「はい。それというのも実は私の母親は、生来ひどく病弱であったそうにてございまして、私を産んだ後にも乳が出ず、そのまま寝付いてしまいましたそうで、その母親の代わりに、間島の妻女の『真佐《まさ》』と申します者が、乳母として、私を自分の娘とともに育ててくれましたので……」

石出を産んだ母親は、まだ石出が二歳《ふたつ》の頃に亡くなってしまい、父親であった先代の「石出帯刀」もわざわざ後妻をもらおうとはしなかったため、幼い頃はまるで間島の家の子供のように、間島家が住み暮らす長屋に入り浸りであったという。

「当時、間島はすでに『小頭《こがしら》』を務めておりまして、牢屋敷の敷地の内《うち》に拝領の長屋もございましたもので、私は間島家の二人の子らと一緒に、日中《ひじゅう》遊んでおりました」

間島家は一男一女で、嫡男である兄のほうは、石出や石出と同じ歳の妹より六つも上であったため、石出のことも弟のように可愛がってくれたという。

「名を『間島耕太郎《こうたろう》』と申しまして、今はその耕太郎も『小頭』を務めておりますのですが……」

小頭というのは、平《ひら》の牢屋同心や、その下役の牢屋下男たちを指導・監督して、牢内にいる囚人たちを管理する役なのだが、この定員二名の小頭のもとには、日々、牢屋敷内にあるすべての牢部屋についての報告が入ってくる。

そのなかには、むろん吾助が入れられている「東の大牢」も含まれているため、数日前、石出はその小頭の間島耕太郎を内密に呼び出して、余人を入れず二人きりの席で、吾助の日頃の様子について訊いてみたというのだ。

「やっ、なれば、牢での様子を聞いておいてくださったか？」

嬉しくて、思わず十左衛門が身を乗り出すと、石出もズッと十左衛門に膝行《いざ》り寄ってきて、万が一にも他の誰かに聞かれぬように、ぐっと声を落とした。

「吾助はどうも、あの東の大牢のなかでは『勇者』のごとき扱いになっておりますようで、再三の吟味で牢問いを受けた後なども、同牢の牢名主たちから『ようも白状《はくじよう》せずに、耐え抜いた』と賞賛をされまして、手厚く揉《も》み療治《りようじ》なんぞも受けておるそうにてござりまする」

「揉み療治、にござるか？」

十左衛門は目を丸くした。

今の話に出た「牢名主」というのは、同牢にいる囚人のなかでも古参で何かと灰汁《あく》の強い、つまりは他の囚人たちに恐れられるような無頼な囚人が就く「牢部屋のなかでの名主役」である。牢名主は、同牢のなかから自分が気に入った囚人たちを幾人か選んで、手下のように従えているのだが、そうした無頼な者たちが、吾助のような、いわば堅気《かたぎ》の船頭に揉み療治をしてくれたというのが、どうにもよく判らない。

そんな十左衛門の心の内が、外からも見て取れたのであろう。石出は詳しく説明を始めてくれた。

「どうもおそらくは古《いにしえ》より、牢内に秘伝のごとくに伝わっておるようにてございますのですが、牢問いにかけられて身体がひどく傷《いた》んでおりましても、同牢の者らがすぐに手厚く揉み療治をいたしてやりますと、不思議に早く痛みが取れるそうにてございまして……」

牢問いから戻されてきて、自分では動けぬほどになっている者を、褌《ふんどし》一枚の裸にして全身に酒を吹きかけ、幾人もで揉み和《やわ》らげてやるのだそうである。揉まれる囚人のほうは、その時は痛がって、暴れたり逃げようとしたりするのだが、終わってみれば、不思議に少し身体が楽になり、眠れるようになるらしい。

だがそうして牢名主たちが親切に揉み療治を施してくれるのは、吾助のように牢問いで酷い目に遭《あ》っても、役人たちの脅しに負けず、白状せずに戻ってきた勇猛果敢な者だけで、もし牢問いで「自分がやった」と白状してしまったら、ぼろぼろの身体で戻ってきてもそのままに放置され、何もしてくれないそうだった。

「ほう……。なれば吾助はいっこう罪を認めずにおるゆえ、牢名主どもに気に入られているということでござるな」

「はい。そのようで……」

そうはいってもさすがに度重なる牢問いで、六十を過ぎた吾助は、今では寝たきりの状態になっているそうで、牢問いは必ずある程度までは囚人の身体が回復しなければ行えない規則になっているため、町方でも、吾助の次の吟味をいつにするかが決まらずにいるらしい。

「やはりさように、寝たきりに……」

実際に吾助当人を見たことはないが、一介の堅気の船頭が、もし本当に無実であるのにそんな目に遭っているのだとしたら、とんでもないことである。

そう思うと、もう居ても立ってもいられなくなってきて、十左衛門は立ち上がった。

「いや、石出どの。こうしてお話をうかがえて助かった。とにかく急ぎ、吾助が本当《まこと》に無実か否か、確かめねばならぬ」

「いや、ですが町方でも、それ相応に入念に調べてございましょうし、無実の証《あかし》を立てますのは……」

と、言いかけて、石出はそこで、ぐっと言葉を呑み込んだようだった。

たしかに、事件の捜査に慣れている町方ですら見つけられなかった無実の証を探すのは難しかろうし、何よりその町方の捜査に、横手からケチをつけることになるのだ。

石出ら囚獄の役人たちは、その町方の支配の下《もと》にあるのだし、今の石出の複雑な心《しん》中《ちゅう》は、十左衛門にも重々判っていた。

「では石出どの、まことにもってかたじけのうござった。今日のこの会談については、目付方のこちらが押しかけてのことだと、町方へは正直に、拙者のほうから報告をばいたしておきますゆえ、ご安心くだされ」

「いや、妹尾さま……」

そう言って石出は手を横に振りかけたが、さりとてあまりに立場が難しいから、どうすればよいものか迷っているようである。

そんな石出をこれ以上巻き込まぬよう、十左衛門は一つ笑顔でうなずいて見せると、早々に牢屋敷を後にするのだった。

五

翌日、十左衛門が人目を避けてこっそりと目付方の下部屋《したべや》に呼び出したのは、目付の一人、「牧原佐久三郎頼健《まきはらさくさぶろうよりきよ》」であった。

牧原は十人いる目付のなかでは最も新参ではあるのだが、目付になる前は長く『奥右筆組頭』を務めていたため、老中や若年寄の政務に詳しい。

それというのも定員二名の奥右筆組頭は、日々、御用部屋に上げられてくる願書や意見書、報告書のすべてに目を通して、必要があれば平の奥右筆たちに命じて、老中ら上《うえ》つ方《かた》が読みやすくなるよう内容の要点をまとめさせたり、もし書状に疑問点や不審点があれば先立って調査させて、その調査結果も込みの形で、老中や若年寄方々に直《じか》に説明したりもするのである。

つまりは牧原佐久三郎に訊けば、御用部屋に集まってくるさまざまな上申書の実態が判るはずで、そうした上申書の一つに、町方から老中方へ向けて打診される「囚人への拷問の是非」を問う書状もあった。

実は、頑《かたく》なに白状しない囚人に与えられる責め苦は、『笞打ち』や『石抱き』といった「牢問い」と呼ばれるものだけではなく、はっきり「拷問」と呼ばれる『海老《えび》責《ぜめ》』と『釣責《つるしぜめ》』という、さらに過酷な別の二種があるのだ。

この二つは、囚人の身体を苦しい形に縛り上げて放置する責め問いである。

海老責は、まずは両手を背中にまわして縛ったうえで、胡坐《あぐら》をかかせた両足に上半身をかぶせていき、足と顎《あご》とが密着したところで縄で縛って動けなくするもの。一方の釣責は、両手を背中に止めつけた形に縛ったうえで、縄の余りを胸にまわして固定するように縛り上げ、その胸と後ろ手に縛られた手首だけで全身を支える形で、地上三寸六分（約十一センチ）ほどに吊るし上げるものだった。

縛り責めのこの二つは、想像以上に囚人に苦痛を与えるようで、しばらく経つと大抵の者は失神し、また起きて、また失神を繰り返しという状態になって、一刻（約二時間）と保たないそうである。

そんな即、命にも関わるような責め問いであるため、この「拷問」二種を囚人に行う際には、必ず老中方から許可をもらわなければならなかった。

「どうだな、牧原どの。貴殿が奥右筆方におられる期間《あいだ》に、拷問の届出はござったか？」

「いえ……。ただ昔の例として、目にしたことはございました」

牧原が見たのは、二十年以上も前の書状だったそうである。

「商家に夜半、強盗に入り、その家の者ら全員《すべて》を匕首で刺し殺して、金の在り処《あか》を探していたところをお縄になった一件《もの》にてございましたが……」

その男のほかには人もなく、着物も血に塗《まみ》れていたというのに、いっこうに罪を認めずにいたようで、『笞打ち』と『石抱き』の牢問いの後、『海老責』や『釣責』まで、幾度か行ったらしい。

「それでもやはり認めずに、結局は『察斗詰《さっとづめ》』にて死罪となったと、書かれていたように存じまする」

「『察斗詰』にござるか……」

十左衛門は、いよいよ顔を暗くした。

察斗詰というのは、拷問である海老責や釣責までを何度も加えても、どうしても白状しない囚人に対して、特別に老中方の許可を得て処刑に持ち込むという最終手段のことである。

罪状が明白と判る書状とともに、「この囚人には、これまでに幾度の牢問いを加え、果ては海老責や釣責の拷問もこれだけの回数を行ってみましたが、昨今、稀《まれ》に見る強《ごう》情者《じょうもの》にてございまして、これ以上の拷問を加えましても自白せぬまま死に及びましょうゆえ、どうか御察斗詰にてご裁断をいただきたく……」という具合に、老中方に向けて伺書《うかがいしょ》を上申するのだ。

「して、そうして察斗詰を願うというと、実際には、どれほどの日数《ひかず》で許可《ゆるし》が出るものにてござろうか？」

「犯した罪の軽重にはよりましょうが、私が見ましたその例の際には、幾度も幾度も『差し戻し』となりましたようでございました」

「おう。さように幾度も、差し戻しとなったか」

差し戻しとは文字通り、老中方が「いま一度、吟味を繰り返して、なんとか上手《うま》く自白を促してみよ」と、察斗詰の許可を求める願書を、町方の担当与力へ突き返すことである。

町方が出す察斗詰が幾度も差し戻しになったと聞いて、十左衛門は少し気持ちが上向いたが、どうもなかなか「差し戻し」もいいとばかりはいえないようで、牧原は先を続けて、こう言った。

「けだし、差し戻しになりますというと、やはり『逃げ場がなくなる』と申しましょうか……」

そも囚人の罪状が明白な場合には、担当の吟味与力が口頭のみで説諭して、囚人から自白を引き出すのが「良し」とされており、牢問いにかけたり、ましてや拷問にまでかけて自白を強要するようでは、「吟味下手《べた》の与力」として自分の格を下げることとなった。

それゆえ察斗詰を願うなどという段になると、担当の与力としてもかなり面目を失う状況で、さりとて途中で投げ出す訳にはいかないから、仕方なく恥を忍んで、察斗詰を請うこととなる。

そこを今度は老中の側が、「人命を、安易に切り捨てることはできないから……」

と人道を説いて、なんとか自力で自白を取るよう、何度も何度も差し戻しをするものだから、与力のほうは余計に追い詰められた形となって、いっそう過酷な拷問を加えざるを得なくなるのだ。

こうなると、拷問にかけられる囚人はもとより、担当の与力にとっても「地獄絵図」というものである。すでに吾助は普通ではなかなか受けない石抱きまでさせられている訳だから、この地獄絵図が本当になってもおかしくない状況といえた。

「なれば、どのみち吾助には、責め苦が続くということにござるか……」

「はい……」

やはりもう、一日でも早く、吾助が本当に無実なのか否かを、目付方《こちら》の調査《しらべ》で、はっきりとさせなければならない。

そう思って、十左衛門が改めて居ても立ってもいられないような気持ちになっていると、そんな十左衛門の心の内を読んだかのように、横で牧原が言い出した。

「どうでございましょう？　まずは吾助の牢問いに立ち会《お》うた徒目付を呼び出しまして、牢問いの最中《さなか》の吾助当人や、町方の与力らの様子など、改めて詳しゅう報告をさせてみましてはいかがで……？」

「おう、さようさな。たしかに少しは、吾助の身体の具合なりと、様子が判るかもしれぬ」

「はい。ではさっそく、徒目付らに声をかけてまいりますゆえ……」

牧原は腰を浮かせてそう言うと、早くも下部屋を出ていくのだった。

六

吾助の牢問いに立ち会ったという徒目付を調べてみると、四回あった牢問いの四回すべてが、ものの見事に異なる徒目付であった。

その四人全員が、十左衛門と牧原、寺里の待つ目付方の下部屋に集まったのは、翌日の昼下がりのことだった。

そうして顔が揃うと、まずは「二月十九日の昼八ツ刻」に行われた一回目の牢問いについての話となったが、この一回目に立ち会ったのは、「森田敬次郎《もりたけいじろう》」という三十二歳の徒目付であった。

「なれば敬次郎、その二月十九日の牢問いで、そなたが見聞きした一部始終を、とにかくなるだけ余すところなく語《かと》うてみてくれ」

「はい……」

改めての「ご筆頭よりのお訊ね」に、森田敬次郎はひどく緊張しているらしく、見るからに顔が強張っている。

「申し訳ございませぬ。ちと何ぶん一ヶ月《ひとつき》も前のことにてございますゆえ、細《こま》こうは覚えてないのでございますが……」

二月十九日の昼八ツ刻、牢屋敷の敷地内に建てられている穿鑿所の白洲にて行われた一度目の牢問いは、まずはきわめて型通りに始まったという。

穿鑿所の白洲は八畳敷の座敷が二間《ふたま》続きになっていて、その先に三尺（約九十センチ）幅の縁側が付けられている。

縁側の向こうは六尺（約百八十センチ）の幅に固められた三和土《たたき》で、その上に筵《むしろ》を敷いて縄付きの囚人を引き据えておくのだが、一方、その囚人を詮議して訊問したり、自白を促したりする吟味方与力ら町方の役人側は、二間続きの座敷のうちの縁側近くに着座していて、つまりは囚人を座敷の上から見下ろす形で詮議が続けられていた。

その与力たちの後方に席を取っているのが、立ち会いの徒目付と小人目付なのであるる。それゆえ与力ら町方役人たちの表情《かお》つきや息遣いなら手に取るように判るのだが、縁側の向こうの一段低くなった三和土に引き据えられている囚人まではかなり離れているため、よほどに注視していなければ細かなところまでは判らないというのが実際であった。

「吟味方与力の小手どのも、むろん最初は口頭で、自白するよう説諭しておりましたのですが、『白状せねば、これだぞ』と、すでに用意の『箒尻《ほうきじり》』や『伊豆石』を見せつけましても、吾助はいっこう怖がらず、『火付けも殺人《ころし》もしていない』と静かに答えるばかりでございましたので、とうとう笞打ちとなりまして……」

箒尻というのは、笞打ちの際に使う笞の俗称である。

長さ一尺九寸（約五十七センチ）、太さが周囲三寸（約九センチ）くらいの細竹を二本合わせて、麻の紐でぐるぐる巻きにし、その上にさらに観世捻《かんぜより》（和紙のこより）を頑丈に巻き締めて、持ち手の部分を握りやすく白革で覆ったものを笞としているのだが、それが箒の柄《え》に似ているので「箒尻」と呼ぶのである。

この笞打ち用の箒尻や、石抱き用の伊豆石や算盤板を囚人にわざと見せつけて、「笞打ちや石抱きになりたくなければ、キリキリと白状せい！」と脅しつけ、できるだけ笞打ちや石抱きなしで自白を取りたいというのが吟味方与力の本音であったが、吾助は無実を主張して、箒尻や伊豆石を見せられてもいっさい動じなかったため、いよいよ笞打ちと相成ったのだった。

「打役は『金杉弘之助』、数役は『宗田兼太郎』と申す牢屋同心にてございました」

打役というのは文字通り、笞をふるって囚人を打つ役で、数役というのは「ひとォつ、ふたアつ」という風に、声を上げて打った回数を数え上げる役の同心である。

「『金杉』に『宗田』、とな？」

十左衛門は、驚いて目を見開いた。

「いや、そうか……。その者らなら、先日、儂が牢屋敷の石出帯刀どのを訪ねた際にも、挨拶に出てきておったが……」

あの時は、まさか吾助がすでに牢問いを受けているなどとは夢にも思わなかったため、不覚にも、数役や打役の同心が奉行の石出や鍵役の間島とともに出迎えに並んでいても、いっこう気づけずにいたのだが、吾助の牢問いで数役や打役を務めたからこその挨拶であったということなのであろう。ああして出迎えまで受けたというのに、その牢問いの事実に気づけずにいた自分が、今さらながらに情けなく恥しかったが、それも含めて、こたびの一件では牢問いの見分報告について等、筆頭として猛省し、改善しなければならないことがある。

だがまずは吾助の一身が最優先であるから、本当に無実であるか否かを確かめて、無実であれば、すぐにも吾助を救い出さねばならない。

十左衛門は改めて、森田敬次郎のほうへと身を乗り出した。

「して、打役の金杉の打ち加減は、いかがであった?」

「打ち方は、概《おおむ》ね良好であったように存じまする」

拷問の笞打ちが「良好」というのも妙な風ではあるのだが、打役の同心の打ち方が上手か下手かによって、囚人の身体への影響は、ずいぶんと違ったものになる。

箒尻の中身は竹なので、もし打ちどころが悪くて背骨にでも当たろうものなら、囚人が不随になってしまいかねない。それゆえ打役の同心たちは、なるだけ骨に沁《し》みないよう、肩や尻などの肉置《ししお》きのよいところを選んで打つのである。

おまけに何度も同じ場所に当たって皮膚が破れて血が出てくると、即座に立ち会いの医師から「止め」の声がかかり、詮議を中断して血止めの手当をしてやらねばならなくなるため、できるだけ血が出ないようにも気を付けていた。

だが打たれる囚人の側は、それでも十分に痛いから、痛さで身をよじったり、暴れたりする。それゆえ据え物を打つように、簡単に思う通りの場所に箒尻を当てることなどできなかったのである。

「それでも金杉どのは、ずいぶんと上手く打っておりまして、五十七回も打ったというのに、血止めのために中断したのは一度きりにてございました」

「いや、したが、そうして血止めが一度きりだったということは、肝心の吾助がほうは、かえって続けて打たれた、ということではないのか？」

「あ、はい……。相済みませぬ。まこと、改めて思うてみれば、ご筆頭のおっしゃる通りにございまして……」

よけいなことを口にしてしまったと、森田の顔には、はっきりと後悔の念が浮かんでいる。そんな森田敬次郎を見て取って、

「いや、すまぬ」

と、十左衛門も、すぐに自身を省《かえり》みた。

「目付《めつけ》方は本来、幕臣の監察が一番の仕事ゆえ、そなたがそうして打役同心の動向を注視していたことに間違いはないのだ。したがな、こと『牢問いの見分』においては、幕臣の働きぶりだけを見ているわけにはいかないということが、この一件で身に沁みて判ってな……」

「さようでございますね」

と、横手から助け船を出して、相槌を打ってきてくれたのは、目付の牧原佐久三郎であった。

「詮議している与力を見、打役ら牢屋敷の者らのことも眺めたうえで、さらに囚人にも目をやらねばならぬとなれば、まことにもって難しい見分とはなりましょうが、こ

れよりは、やはり何とか頑張ってもらわねばなりますまい」

「うむ……」

牧原と十左衛門とが話していると、前で森田がおずおずと言いかけてきた。

「あの……。ちと、つまらぬことではございますのですが、一つ吾助に、驚いたことがございまして……」

「おう、何だ？」

「はい……」

と、森田が言い出したのは、吾助の外見のことであった。

「小手どのの口頭での説諭が虚《むな》しく終わりまして、『いざ笞打ちを……』という段になってからのことにてございますが……」

もとより吾助は白髪頭《しらがあたま》で、ずんぐりとした体軀の男であったそうなのだが、いざ笞打ちという段になって、二名の牢屋下男たちが吾助の着物を脱がせると、露わになった上半身の腕や胸の筋肉《にく》が、若い男のように隆々と盛り上がっていて驚いたというのだ。

「ほう……。さように吾助は、筋骨隆々といたしておったか？」

「はい」

と、森田はうなずいた。

「その体軀のおかげでございましょうか、笞打ちが十回、二十回、三十回と打ち続きましても、声も上げずにおりまして、町方のご一同も驚いていたようにてございました」

それでも五十を過ぎたあたりから、吾助が少しずつ身をよじるようになり、とうとう五十七回目で、気を失ってしまったという。

「さようか……」

暴れもせず、怒鳴り散らしもせずに五十七回もの笞を受け、静かに失神したという吾助の姿を想像して、十左衛門はため息をついた。

「なれば、次、二度目の牢問いが報告《はなし》に移ってくれ」

「ははっ」

十左衛門の言葉に、一膝、前に出てきたのは、「小谷保太郎《こたにやすたろう》」という徒目付である。

「私が見分をいたしましたのは、二月二十三日、昼八ツ刻の、笞打ちの牢問いにてござりまするが……」

この時、吾助は八十三回も笞を受けて、やはり失神して中断になったという。

「八十三度も笞で打たせて、与力はどう、吾助と対峙しておったのだ？」

十左衛門が聞きたいのは、八十三回も笞打ちを続けながら、与力の小手と吾助とがどんな風に会話を交わしていたのかということである。

だがその回答《こたえ》は、実に張り合いのないものだった。

「吾助という船頭は、とにかく無口でございまして、笞打ちが始まる前は、『火付けなんざしておりやせん』『人殺しもやっちゃァおりやせん』と、それだけは繰り返していたのでございますが、いざ笞打ちが始まりますというと、本当に、いよいよ苦しくなるまでは、うめき声すら上げませんので……」

「さようか……」

そうして次の三回目の牢問い、これは二月二十八日の昼八ツに受けたものであったが、今度はなんと百十一回も笞打ちを受けたというのに失神はせず、立ち会いの医者のほうが青くなって、とうとう止めたということだった。

これを見分していたのは、「久保木修五郎《くぼきしゆうごろう》」という徒目付である。

その久保木は、町方の与力のほうを注視していたのだそうで、十左衛門に報告をして、こう言った。

「九十回を過ぎたあたりからは、北町の吟味与力『小手文左衛門』の顔つきが、正直、一変いたしましして、吾助に一打、打つたびに、冷や汗が噴き出しているようにてございました……」

九十も打つことなどは、滅多にない。こんなに続けて笞打ちを喰らわせてしまって、本当に大丈夫なのであろうか。牢問いの途中や、牢部屋に戻した後に、急死したりはしないであろうかと、おそらくは恐怖に感じて、自分のほうが内心震えていたのであろうと思われた。

「なるほどの……」

そうして四回目、この牢問いは、いよいよ石抱きに移ったのである。

『三月八日、夕七ツ半。御吟味方与力・小手さまよりの再度のお呼び出しにて、出牢。穿鑿所にて牢問いをいたすも、こたびは石抱きなり。石一枚から二枚に増やしたところで総身蒼白となりて、検視の医師より差し止めの命じあり。詮議、取り止め』

と、牢屋同心鍵役の間島がくれた書付にもあったのだが、その見分をした徒目付「三好熊之助《みよしくまのすけ》」によると、場は壮絶であったという。

「申し訳ございませぬ！　実を申せば、吾助の顔や足の様子があまりにひどく、見てはいられずにおりまして、私も町方のご一同のほうを、主には見ておりました……」

重さが十三貫もある伊豆石を、二枚も載せられていたというのだから、算盤石に挟まれた吾助の脛がどんな有様になっていたものか、想像に難くない。

それでも三好は、自分が注視していた小手文左衛門について話していたが、三度目の牢問いの際の話と、さして変わるものはなかったのである。

「さようか……」

聞き終えて、十左衛門はため息をついた。

「いや、牧原どの。こうも吾助が何も語らぬのでは、どうにもならぬな……」

「はい。さようで……」

笞打ちや石抱きを受けた吾助当人は、あまりにも我慢強くて、寡黙を貫き、与力の小手はただただ青くなっていくばかりという、どうにも新しいところのない報告ばかりが集まっただけ、ということになる。

「この先は、こうした牢問いの見分も含め、ありとあらゆる報告の仕方を、改めて考えていかねばならぬが……」

「さようでございますね。この一件とはまた別に、そちらの改革はいたしませんと……」

「うむ」

こうして牢問い見分の報告の会は、実にもって不毛のうちに解散となったのであった。

七

「なに？　では火の手が上がった時分、『越川』には客がいたというのか？」

驚いて目を見開いた十左衛門に、

「はい」

と、寺里は、はっきりとうなずいてきた。

「え……？　いや、ですが、ご筆頭……」

横手から口を挟んできたのは、牧原佐久三郎である。

「たしか町方の調べでは、火が出た時分に『越川』におりましたのは、そのくだんの『吾助』という船頭と、亡《の》うなっていた『弥太郎』と申す男だけであったと……」

「ああ」

と、十左衛門もうなずいた。

「吾助の吟味に立ち会われた石出どのは、そう言っておられたが……」

町方の調べでは、火の手が上がった時に越川のなかにいたのは、越川の主人夫婦のほかは船頭の吾助と弥太郎だけで、二人は夜舟の業務に備えて、昼下がりのその時間、船頭たちが休憩に使う奥座敷で休んでいたはずだということだった。

「なれば、その町方の捜査《しらべ》の網《あみ》から洩《も》れた者がいた訳か？」

「はい。どうやら、そのようにてござりまする」

と、寺里紀八郎は、少しく顔を誇らしげにして話し始めた。

「佐賀町で、ずっと人足たちに混じって暮らしておりました『伝八《でんぱち》』が、ようやくに摑《つか》んでまいりましたので……」

寺里が口にした「伝八」というのは、十左衛門や寺里の下で今回の調査《しらべ》に就いていた「麻田《あさだ》伝八」という若い小人目付のことである。

その麻田伝八が、佐賀町の居酒屋でしょっちゅう顔を合わせて仲良くなった同年輩の若い船頭から、二人きりで飲んでいた際に、内緒話に聞いたというのだ。

「伝八と同い歳だというその者は、『越川』とはまた別の船宿の船頭らしゅうございますのですが……」

寺里は、十左衛門と牧原を前に、いよいよ腰を据えた形となった。

「火の手が上がって、まだ幾らも経たない時分のことだったそうにてございますが、その若い船頭が、川端に並んだ自分の店の持ち船に、万が一にも火の粉が飛んでこないかと案じて見に行きましたところ、持ち船の一つの小ぶりな屋形船のなかに、女が一人、勝手に隠れておりましたそうで……」
たぶん商家の女房であろうと見える二十四、五の目鼻立ちのいい女で、いかにも「焼け出された」という風に、長襦袢《ながじゅばん》の上に、着物を一枚、肩にかけただけの格好で、屋形船のなかで震えていたというのだ。

大川沿いにある佐賀町のあのあたりには、『越川』のほかにも船宿は何軒もあるため、川端にはそれらの船宿が所有する船が、ずらりと停泊させてある。

そのなかから身を隠せる屋形船を選んで、女は隠れていたようなのだが、船頭が女に気づいて声をかけると、「船賃ははずむから、このままこの屋形船で、対岸の南新《みなみしん》堀町《ぼりちょう》まで乗せていってくれないか」と、頼まれたというのだ。

船宿は、よく訳ありの男女が人目を避けての密会に使用するから、この女もそんな客の一人に違いないと思い、船頭は何も訊かずに船を出してやったという。

「女が肩にかけていた着物が、よく見れば、煤《すす》で汚れておりましたそうで、越川に来ていた客が火事に巻き込まれて逃げてきたのであろうことは、一目瞭然であったそうにてござりまする」

「ほう……。して、その女の身元は判っておるのか？」

「はい。南新堀町にある『井筒屋《いづつや》』という小間物屋の女房なのだそうで……」

それというのも、さっきの話の船頭が、大川を渡った対岸の南新堀町に着いたところで、その女の使いまでしてやったというのである。

女が頼んできたのは、「通り沿いの『井筒屋』という小間物屋に行って、そこで店番をしているはずの小女を、こっそり呼んできて欲しい」というもので、十四、五ほどの小女を連れて屋形船へと戻ってくると、船のなかで何やらその小女と話をして、小女に店から着るものを運ばせて身支度を整え、船頭には礼を言い、船賃を普通の倍ほども払って出ていったそうだった。

「いや、したが、なれば『越川』の主人も女将も、その客が来ていたことを町方に話さずにいたという訳か……」

越川《みせ》の抱えの船頭が一人亡くなり、同じく抱えの船頭の一人が嫌疑を受けて捕まって、小伝馬町の牢屋敷にまで入れられているというのに、訳ありの客を庇って真実を言わずにいるというのが、何とも腹立たしい。

十左衛門が顔をしかめていると、横で牧原も言い出した。

「自分の店を、こうして火事で失ってまでも、まだ客を庇うて黙っているのでございますから、『ただの客ではない』ということやもしれませぬな」

「いやまこと、そこなのでございまして……」

と、寺里が待ってましたとばかりに、勢い込んで言ってきた。

「実は小間物屋の女房や、くだんの小女を見張りまして、あちこち外出《そとで》をいたしますのを一件《ひと》ずつ尾行《つ》けてみておりましたら、どうやら『密通』の相手らしき男の素性が判ってまいりまして……」

いつもなら近所に買い物に行くだけの小女が、ある時やけに遠くまで出かけて、とうとう築地《つきじ》の武家町にまで足を延ばしたので、「これは、もしや……」と思いながら尾行を続けていたら、大身の旗本家のものと見える大きな武家屋敷の前までやってきたという。

「門番の中間に何やら頼んでいたようでございましたので、しばらく見ておりましたら、屋敷の門の潜り戸から若党らしき者が出てまいりまして、小女から文《ふみ》を受け取り、それで別れておりました」

そうして翌日の昼下がり、今度は井筒屋の女房自身が駕籠《かご》を呼んで外出し、築地からも遠くはない『京橋』のたもとにある船宿で、密会したようだった。

「私どもは井筒屋のほうから尾行《つ》けていたのでございますが、二刻《ふたとき》（約四時間）ほどして女が船で帰っていきましたすぐ後に、頭巾で顔を隠した武家《さむらい》が駕籠で船宿を出ましたもので、そちらのほうを追って確かめましたら、やはり築地のくだんの旗本家に入っていきました」

「おう！　なれば、その旗本が『井筒屋の女房の相手』ということか」

十左衛門が身を乗り出すと、だが寺里は、

「それが……」

と、急に歯切れが悪くなった。

「屋敷の主を調べましたら、『笹原《ささはら》』という家禄五千石の寄合《よりあい》だったのでございますが、笹原の家の一体誰が相手なものかが、未だはっきりとはいたしませんで……」

「ん……？　どういうことだ？」

見れば隣にいる牧原も、やはり意味が判らないらしく、目を大きく見開いている。

「いやそれが、どうもその笹原の家には『その歳頃《としごろ》』とでも申しましょうか、つまりは『密通の相手』となるような歳の頃の者が、なんと四人もおりますもので……」

「四人？」

「はい」

「………」

驚いて、十左衛門は思わず横にいる牧原と目を見合わせてしまっていたが、聞けばなるほど、「なかには、そうした武家《いえ》もあろう」という家族構成ではあった。

現当主は「笹原一之進亮基《いちのしんすけもと》」という今年三十になった無役の旗本なのだが、まだ他家へと出ていない弟が次男、三男と二人おり、まだ十六の三男は外《ほか》としても、次男のほうは二十五歳なのである。

おまけに先代の当主である父親も隠居の身ながら、まだ五十歳と壮健で、その弟で一之進兄弟にとっては叔父にあたる四十二歳の親族も、まだ笹原家の居候《いそうろう》として残っているというのだ。

「旗本も五千石ともなりますというと、なかなかに家格の見合う他家がございませんし、婿の口も、養子の口も、見つからぬのでございましょうね……」

しみじみと牧原が言うのに、十左衛門もうなずいた。

「さようさな……」

幕臣旗本家も三千石以上もの大身となると、ぐっと、その数が少なくなる。

婿養子の口も、さすがに千石や二千石の旗本家では家の格が釣り合わないから、縁談自体が成り立たないし、そのうえおそらく笹原家は、親戚筋に「男子のいない家」がなく、養子先もないのであろうと思われた。

「『当主と、その弟』に、『先代と、その弟』ということか……」

「はい。駕籠を使って堂々と門を入ってまいりますので、家臣ではなく、やはり笹原家の『どなたか』ではございましょうかと」

「うむ……」

女は小間物屋の女房で夫のある身の上なのだから、その武家も、『井筒屋』の女房も、「密通」というれっきとした罪を犯しているということになる。

幕臣を監察する目付方としては、罪を犯している幕臣家の者をそのまま放っておく訳にはいかず、よしんばその武家や井筒屋の女房が「越川の火事」とは無縁であったとしても、密通の罪科のほうは明らかにしなければならなかった。

「紀八郎」

「ははっ」

改めて名を呼ばれて居住まいを正してきた寺里紀八郎に、十左衛門はこう言った。

「人手を増やすぞ。これよりすぐに、誰ぞそなたが心安う仕事のできる徒目付《なかま》を、幾人か連れてまいれ。さすれば、そちらに『笹原』や『井筒屋』の見張りを任せることができようから、おぬしや麻田伝八は再び佐賀町のほうに戻って、火事の直後に不審に佐賀町から逃げた武家の男がおらぬものか、探ってくれ」

「はい！　心得ましてござりまする」

言うが早いか、寺里紀八郎は、応援の人手の手配に駆け出ていった。

「では、ご筆頭。私も、ちとこれより奥右筆方に参りまして、もし町方より拷問の願書《ねがい》が上がりましたら、目付方《こちら》に報せてもらえるよう頼んでまいりまする」

「かたじけない……。なれば、よろしゅうお願いいたす」

「ははっ」

だがそうして十左衛門ら一同が、あれこれと手を尽くして調べても、「笹原家の誰が密通の相手か」も、「火事場から立ち去ったであろう男の痕跡」も、いっこう手掛かりさえも摑めなかったのである。

八

十左衛門が牧原までを巻き込んで、寺里の報告を聞いてから、すでに十日以上が経っていた。

早く調査《しらべ》を進めなければ、吾助がまた東の大牢から引っ張り出されて、笞打ちや石抱きや、さらにはそれ以上の拷問にまでかけられかねない。

それゆえ十左衛門は寺里たちと相談し、もう外側《そと》からの証拠集めはあきらめて、次に井筒屋の女房が動いて、男と密会をした際に、横手からいきなり二人を捕らえてしまい、まずは密通の罪を問うたうえで、その後に越川の火事についても問いただそうと考えたのだが、いっこうにその好機は巡ってこなかった。

井筒屋の女房のほうは、相も変わらず亭主の目を盗んでは、小女を使いに出して文を届けているようなのだが、もう三度も小女を使いに出しているというのに、いっこうに密会の気配はない。

あの火事騒ぎが尾を引いて、どうやら笹原家の男のほうが逃げ腰になっているらしく、四度目に小女が文を届けに来た時には、門番に頼んでも、いつもの若党を呼んでもらえなかったようで、そのまま追い返されてしまっていた。

すると、その翌日のことである。

いつもなら亭主が外まわりの商売《あきない》に出て留守になる昼過ぎになってから、小女を使いに出したり、逢引きに出かけていったりしていたのだが、その日はなんと、まだ亭主も家のなかにいるだろう朝方に小女を連れて出てきてしまい、そのまま築地の笹原家の屋敷へと向かっていった。

そうして笹原の屋敷の前まで行き着くと、まるで目付方《こちら》が見張りをするのと同じように、少し離れた道端から屋敷の門を眺めて、立ちん坊をし始めたのである。

井筒屋の女房が「何を待って、そこにいるか」は、傍目《はため》にも、すぐに判った。文さえも受け取ってくれなくなった男になんとかして会おうと、外に出てくるのを待っているのだ。

情念の塊となった女が待つこと、二刻あまり。突然、笹原家の表門が大きく開いて、屋敷のなかから、前後合わせて二十名くらいの供揃えに囲まれた騎馬の武士が現れた。

笹原家の現当主、笹原一之進亮基である。

寺里ら目付方は、いつもの伝《でん》で、近所の辻番所を基点にして動いているため、すでに辻番所の番人たちから「あれがご当主の笹原さまで……」と、現当主の顔だけは教えてもらってある。

それゆえ門から出てきた騎馬の武士が当主の一之進であることに、すぐに気づいたという訳なのだが、一方、井筒屋の女たちには判らなかったようだった。

少し離れた道端から首を伸ばして必死に見ていたようであったが、一之進ら一行がそのままどこかへ立ち去ってしまうと、なんと小女が辻番所《こちら》に向かって駆けてきて、

「すみません。ついさっき、あちらのお屋敷から出てきたお武家さまは、一体、何とおっしゃるお方で……？」と、辻番所にいた寺里たちに訊いてきたのである。

さて、それからが、実にもって見物《みもの》であった。

寺里の口から「あれは笹原家のご当主の、笹原一之進さまだ」と教えられると、小

女は目をまん丸にして驚いて、慌てて女主人のほうへと駆け戻っていったのだが、小女から聞かされたらしい井筒屋の女房は、遠くで見ていても判るほどに驚いて、おろおろとし始めたのである。

たぶん男は、「自分は笹原家の当主だ」と偽っていたのであろう。裏を返せば、井筒屋の女房の密通相手は、二十五歳の一之進の弟か、五十歳の隠居している父親か、もしくは叔父の四十二歳の男ということになる。

思わぬ事態で、ついに密通の仔細が判り始めて、寺里たち辻番所にいる一同は、みな内心で沸き立ちながら女たちの動向を見守っていたのだが、その後は何が起こるということもなく、しばらくすると井筒屋の女房は落胆した様子のまま、小女に支えられるようにして帰っていったのである。

そうして翌朝、今度はまた小女だけが笹原家の屋敷までやってきて、いつものように顔見知りの門番に何やら頼んでいたのだが、またも門前払いを喰うのかと思いきや、屋敷のなかからきちんと若党が現れて、小女から文を受け取ったのだ。

事態がはっきり動いたのは、その日の昼下がりのことである。十左衛門や寺里たちが手ぐすねを引いて待っていた密通の約束が、ついになされたのだ。

九

久しぶりの逢瀬の場となったのは、以前にも二人が密会に使っていた『京橋』のたもとにある船宿であった。

船宿だというのに船は使わず、井筒屋の女房も、笹原家から出てきた男も、ともに頭巾で顔を隠して駕籠で乗りつけてきたのだが、それが今から一刻ほど前のことである。

一方、その船宿をしっかりと見張ることのできる絶好の場所に、ついさっき十左衛門も寺里からの急報を受けて、馬で駆けつけたところであった。このあたりの船遊びの客たちがよく使うという料理屋が、二人がいる船宿の向かい側にあり、その料理屋の二階の座敷を借りて、見張っているのだ。

「いやしかし……。今日、明日が『呼び出し』の狙い目だろうとは思うていたが、まんまと読みが当たったな」

十左衛門が口にした「呼び出し」というのは、女が男を呼び出すに違いないと見た、その呼び出しのことである。

今朝、小女が笹原の屋敷に届けた文のなかには、「昨日、笹原さまのお屋敷の前で、ご当主だというお方を拝見しましたが、あなたさまではございませんでした」という風な、つまりは男の側が青くなるたぐいの内容が書かれていたに違いない。そうなれば男は女に言い訳をせねばならないから、必ずや女からの密会の誘いに応じるであろうと、十左衛門らはそう読んでいたのだ。

「いかがいたしましょうか、ご筆頭。二人が船宿に揃いましてから、もう一刻は経ちましょうが……」

船宿の主人に「目付方の捕り物だ」と理由《わけ》を話して、二人がいる部屋を教えてもらい、そこにいきなり踏み込んで捕らえるか、はたまたこのまま二人が外に出てくるのを待って、船宿の前で捕縛をするか、寺里はそこを訊ねているのである。

「うむ……」

と、十左衛門も返事を迷った。

「有無を言わさず、確実に捕らえるのであれば、部屋に踏み込んだほうがよかろうが、そうなると船宿ゆえ、何かと面倒なことにもなりかねんからな……」

もし他にも密通の男女がいたりして、それがはっきり「密通」と判るようなら、そちらも捕らえなければいけなくなるが、それではまるで、岡場所や賭場《とば》の手入れのごとくになって、大騒動となり、かえってまた「笹原」に上手く逃げられてしまうかもしれない。

さりとて「船宿から出てきたところを……」といっても、たぶん二人はバラバラに外に出てくるだろうから、下手をすれば言い逃れされてしまうかもしれなかった。

「やはり、意を決して踏み込むか……」

「はい……」

言いながら十左衛門も寺里も、まだ決めかねている時だった。

「きゃあー！」

と、突然、窓の外から遠く女の悲鳴が聞こえてきて、それが向かいの、くだんの船宿からだと気づいた時には、すでに十左衛門は料理屋の階段を駆け下りていた。

むろん寺里ら配下たちも、後に続いて走ってくる。

料理屋を飛び出して、道を渡り、向かいの船宿のなかに駆け入ると、襦袢を血だらけにした井筒屋の女房が、今にも転びそうになりながら二階から階段を駆け下りてくるのが見えた。

「やっ、どうした？　大丈夫か！」

十左衛門が声をかけると、井筒屋の女房は必死で駆け寄ってきた。

「お助けくださいまし！　どうかお助けくださいまし！」

見れば、女を追いかけて、匕首を手にした着流しの武士《さむらい》が、ゆっくりと階段を下りてくる。だが女が助けを求めて、十左衛門の身体にすがりつくのを目にしたとたん、カッと一瞬にして、形相を変えてきた。

「この売女《ばいた》めがッ！」

男が手のなかの匕首を、まるで大刀でも遣うかのように、袈裟掛《けさが》けに振り下ろしてくる。

瞬間、それを躱《かわ》して、十左衛門は女を自分の背中に庇うようにまわすと、腰の刀の鯉口《こいぐち》を切った。

すると合わせて寺里ら数人の配下の者たちも、それぞれに腰の大刀に手をかけて、男を真正面に見据えて身を沈めていく。「ご筆頭」を守って、すぐ脇まで詰めてきた寺里紀八郎に、十左衛門は声をかけた。

「紀八郎、まだ抜くなよ。討って捕らえるなら、こやつの本性を確かめてからだ」

「ははっ」

この寺里紀八郎は古参譜代の御家人の家柄ではあるのだが、家禄はわずか十五俵一人扶持であったそうで、そんな小禄の家から己自身の才覚だけで、今や役高・百俵五人扶持の徒目付にまで上がってきた苦労人である。

その才覚の際立った一つに、人並外れた剣筋《けんすじ》の良さがあるため、今、目の前の「笹原家の男」がどれほど匕首を振りまわしたところで、寺里に勝てる見込みは、微塵《みじん》もない。

そんな頼もしい配下を横に、十左衛門は「笹原」の目を真っ直ぐに見据えて、こう言い放った。

「なぜ刀を使わず、匕首にいたしたのだ？　女殺しを町人の仕業《しわざ》に見せかけて、また火をつけて逃げようとでも思うたか？」

くだんの『越川』の火事を当ててつけてみたのは、まだ、ただの「探り」であったが、この男が両刀を許された武家の身でありながら、女に呼び出されて船宿《ここ》に来るのに、こうしてわざわざ匕首なんぞを用意しているというのが、気に入らない。

おまけに「笹原」は、その匕首を大刀と同様に袈裟掛けなんぞで使おうとして、その中途半端なやり口が、いよいよもって、この男の浅ましさを助長して見せていた。

「おぬしは誰だ？　弟か？　それとも叔父か？」

「…………」

答えない「笹原」は色白で、二十代とも三十代とも見える女形《おやま》の役者のような顔をした、見てくれのいい男である。実際、ちと気味が悪いほどに端整な顔立ちをしており、これが「大身五千石の当主だ」と嘯《うそぶ》けば、井筒屋の女房でなくても、密通に転ぶ女は幾らもいようと思われた。

「そのご大層な面相をもってしても、婿入りの口がなかなか見つからんのは、おそらくは、おぬしの心底のその浅ましさが、透けて見えておるからであろうぞ」

「うるさい！　貴様ごときに何が判る？　たかだか千石の目付なんぞとは訳が違って、こちらは五千石の大身なのだ。ごろごろと縁組の先が何処にでも転がっておるような、貴様ら小身と一緒にするな！」

笹原はとうとう言い返してきたが、その声には、若者らしい透明感も、艶《つや》もない。そうして何より、今こちらに言い返してきたその顔の眉間の皺《しわ》が、一瞬ではあるが、かすかに四十代の男を匂わせたようだった。

「おぬし、ご当主の叔父御《おじご》だな？　されば、歳は四十二か？」

「ひッ……」

と、小さく悲鳴を上げたのは、十左衛門の背中にしがみついている井筒屋の女房である。どうやら、この密会で、もう一刻も時間《とき》をかけたというのに、笹原は「自分が誰か」は教えてくれなかったようだった。

「四十、二……？」

怖いもの見たさ、というところであろうか。本当は四十二にもなっていたという笹原の顔を改めて眺めてみようとして、十左衛門の後ろからそっと覗き込んできた女の態度に、笹原は憤怒したようだった。

「このぉ……。おまえごときが、生意気な……！」

再び匕首を高く振り上げると、笹原は女を目がけて襲いかかってきた。

「ひぃーッ！」

と、女が十左衛門の後ろでしゃがみ込んだのと、横手から寺里紀八郎の剣が伸びてきたのが同時であった。

「う、うっ……」

次の瞬間には、腕に深手を負った笹原が、あまりの痛みに低く唸りながら、うずくまっていた。

血に塗れた匕首は、すでに笹原の手を離れて、船宿の玄関の土間に転がっている。

その場で笹原は捕縛されて目付方の預かりとなり、井筒屋の女房も捕まって、こちらは町方へと引き渡されたのであった。

十

四十二歳のあの男は、「笹原乙次郎《おとじろう》」という名であった。

一之進の父親である先代当主には、姉が一人と、弟が二人あったが、そのなかの一番下の弟が笹原乙次郎である。

この四姉弟は、みな美貌の母親に似て、端整な顔立ちをしていたが、ことに母親に生き写しであったのが、末っ子の乙次郎であった。

だがそれが、おそらくは、乙次郎の不幸の始まりであったのだろう。二つ、三つの頃には、すでに人目を引くほどに美しい子供であり、おまけに大身五千石の息子でもあったため、末っ子に甘かった両親をはじめとして、歳の離れた姉兄や、奥女中たちにも可愛がられて、すっかりわがままに育ってしまった。

世の中心は自分にある、という考えのまま少年期を過ぎて、他家へと婿養子に入らねばならない青年期を迎えてしまったため、武芸も大したことはなく、さりとて学問のほうもさしてできる訳でもないのに、性格は尊大で、鼻持ちならないという、実に縁談話の入りようもない人物になっていた。

だが縁談は入らなくても、女にだけはもてるのである。

家督を継いだ長兄が、よい縁談を見つけてやれないことに引け目を感じて、乙次郎に小遣いの不自由はさせなかったため、金に糸目をつけずに遊ぶことができて、よけいにどこでも女にもてた。

井筒屋の女房と知り合いになったのも、別の女に贈る簪《かんざし》を買いに、たまたま井筒屋に立ち寄ってのことである。

そうして他の女と付き合う際と同様に、乙次郎は「笹原家の当主」と名乗っていたのだが、「運の尽き」の始まりは、佐賀町に見つけた使い勝手のよい船宿『越川』で、腕の良さが自慢の「弥太郎」という船頭を、贔屓にしたことだった。

弥太郎は、船遊びをするにも、いかにも女の喜びそうな場所を心得ていて、よく気の利く便利な船頭だったのだが、一点、金には汚かったのである。

まずは女のほうが『井筒屋』という小間物屋の女房と知ると、「井筒屋のご亭主が、ちとお気の毒になってきやしてねえ……」と、密通をバラされたくなければ、小遣いを寄こせと、強請《ゆす》るようになってきたのだ。

おまけに、いつ乙次郎の後を尾行していたものか、笹原家の屋敷の場所や、乙次郎が当主ではないことまで知っていて、そちら側からも金をせびるようになってしまった。最初は「一両」だの、「二両」だのと言っていた弥太郎が、「五両」「十両」と口にするようになり、とうとう「五十両」もせびるようになって、乙次郎は決意をしたという。

あの日、まだ寝ていた井筒屋の女房を放ったらかしにして、乙次郎は弥太郎を廊下に呼び出すと、

「自分は先に帰るから船を出してもらいたいが、その前に金を渡してやる。廊下《ここ》では誰に見られるか判らないから、どこか人目につかない空き部屋はないか」

と嘘をつき、空いている客間に案内させて、弥太郎が一足先に乙次郎に背を向けてその部屋のなかに入ったところで、後ろから匕首で刺し殺したのである。

放火に使ったのは、部屋に備えの行燈《あんどん》であった。あらかじめ懐《ふところ》に火打ち石を用意していたため、その行燈に火をつけて蹴り倒したのである。そうして自分は他の誰かに見つからないよう気をつけながら、店の裏口から外に出て、『越川』からはだいぶ離れた路上で、辻駕籠を拾って帰ってしまったというのだ。

十左衛門ら目付方に手負いの姿で捕まって、すっかり自棄《やけ》になっていた乙次郎は、すぐにすべてを白状し、同様に井筒屋の女房のほうも、吟味を受けた町奉行所で、有体に何もかもを告白したため、無実で捕まっていた船頭の吾助は、急ぎ東の大牢から

出されることと相成った。

とはいえ、これまで散々に牢問いを受けているから身体が弱っていて、すぐには普通に外を歩けるものではない。

牢屋敷内にある医者用の座敷に寝かされて、幾日も手厚い看護を受けた後、少しはまともに動けるようになったところで、駕籠で自分が住んでいた長屋に送り届けてもらったのであった。

だが、この一連のあれこれで、一件が解決した訳ではない。

まずは笹原乙次郎と井筒屋の女房に対する処罰、また身内に罪人を出してしまった大身五千石の幕臣旗本「笹原一之進」に対しての処罰をどうするかについて、裁断しなければならない。

そうして何より一番に難しいのは、無実の吾助にここまでの牢問いを受けさせてしまった町方の失態に対し、どう責任《せき》を取らせるべきかについての裁断であったが、十左衛門はそれに加えて、自分たち目付方も、吾助の牢問いに関しては責任の一端があることを、老中方に向けて、改めて報告したのである。

牢屋敷内で行われる牢問いや拷問には、必ず目付方から徒目付一名と小人目付一名が、立ち会い見分の人員として派遣されることとなっている。

その際に、もし吾助の牢問いの様子を、詳しく一部始終、それも牢問いの直後に速やかに、筆頭の十左衛門にまで報告を上げてくれていれば、最初の一回の牢問いだけで止まったかもしれないのだ。

それというのも町方の側も、目付方の十左衛門から正式に、「牢屋奉行の石出帯刀や鍵役の間島稲蔵に直接、入牢後の吾助の動向や経緯について訊ねた」旨、報告をもらった後は、東の大牢内にいる吾助には指一本触れずにいたのである。

つまりはその状態を、一度目の牢問いの直後に作ることができていたら、二度目以降の苦しい笞打ちや石抱きを、吾助に受けさせずに済んだはずなのだ。

町方と目付方、そして大身古参、名家の旗本「笹原家」をどう裁くかについてという、この非常に難しい裁きは、幕府最高の訴訟裁決の機関である『評定所《ひょうじょうしょ》』で行われることと相成ったのである。

十一

江戸城の大手門からも程近い場所にある『評定所』は、敷地面積にして約一千六百八十坪ほどもある、大きな施設である。

そのなかに評議を行うための座敷や、出座する者たちが休憩をとるための部屋などがあり、評議する案件によっては、実際に原告や被告を呼び出して吟味を行う場合もあるため、『白洲（砂利場も備えた法廷用の座敷）』も設けられていた。

通常、評定所で行われる評議は、開催の日程が決まっている。

寺社奉行・町奉行・勘定奉行の三奉行が一名ずつに、大目付が一名、目付が一名で集まる『式日《しきじつ》』と呼ばれる評議が月に三回、老中一名の立ち会いのもとで開かれており、それとは別に、三奉行が各一名に、目付一名のみで行われる小規模の『立合《たちあい》』と呼ばれる評議が、これも月に三回行われていた。

だが、こたびのように何ぞ有事があった際には、臨時の評議も開催されることがあり、その一つが今回の、『五手掛《ごてがかり》』と呼ばれるものであった。

出席するのは三奉行が各一名と、大目付が一名、目付が一名の計五名となるので「五手掛」というのだが、同じ人員で定期的に行われている「式日」の評議と異なるのは、この五手掛が扱う議題は、国家的な有事や、今回のように幕府行政に関わる大《だい》事《じ》、または大名や大身旗本家などの幕臣名家の進退が問われるような事案に限られていた。

それゆえ五手掛の開催を決めるのは老中方で、「今回は寺社奉行が○○守、町奉行は〇〇守で、勘定奉行は〇〇守が出座するように……」という具合に、出席者五名全員を老中が名指しの上で、開催されることになっていた。

今回の五手掛では、すでに「笹原乙次郎」と「井筒屋の女房・ひさ」の罪状は明確なため、乙次郎も、ひさも、吾助も、評議の場に呼んではいない。

したがって、今日の五手掛に使用するのは『内座《うちざ》』と呼ばれる大座敷で、これは評定所内の奥まった場所にあった。

その内座に集まった「五手」、すなわちここに出座するよう、首座の老中「松平右近将監武元」から名指しを受けたのは、以下の五名である。

寺社方からは、四十三歳の寺社奉行「土岐《とき》美濃守《みののかみ》定経《さだつね》」。

勘定方からは、五十六歳の勘定奉行「安藤《あんどう》弾正《だんじょう》小弼《のしょうひつ》惟要《これとし》」。

大目付方からは、五十四歳の大目付「池田《いけだ》筑後守《ちくごのかみ》政倫《まさとも》」。

そうして懸案の町方からは、こたびの一件の担当奉行であった四十六歳の北町奉行「曲淵甲斐守景漸《かげつぐ》」。

対して、目付方からは、今年で四十八歳になった目付筆頭の「妹尾十左衛門久継」であった。

通常は、こうして顔が揃ったところで、五役のなかでは一番にこうした評定に場慣れしている町奉行が進行役となるのだが、こたびばかりは町方自体も、審議の対象として評定に挙げられる立場だから、さすがに進行役を務めることはできない。

それゆえ寺社奉行の土岐美濃守が、代わって進行役を務めることに相成った。

すでにこたびの一件の経緯については、町方側と、目付方側とで別々に、詳細な書面をこしらえたうえで、老中方も含めた諸方に報告済みである。

本日の主催者である五十七歳の老中首座・松平右近将監が立ち会いのもと、いよいよ寺社・町・勘定、大目付に目付の五名による「五手掛」の評定が始まった。

「なれば、まずは、笹原乙次郎が処罰にてござろうが……」

進行役の寺社奉行、土岐美濃守が切り出した。

「これについては妹尾どの、支配の筋のご担当として、何ぞ沙汰《さた》のご希望はおありか？」

「いえ。しかるべく……」

十左衛門は一言でそう答えて、他の皆さま方に対して、改めて低頭した。

この席には、老中までを含めると六人が集まっている訳だが、このなかでは目付の自分が、一番、職の格が下なのである。

それゆえ今の「しかるべく……」には、余分な口は利くまいという、下役らしい配慮も含まれていた訳だが、逆に言えば「しかるべき処罰」が、すでにはっきりしているからという意味もあった。

他者《ひと》の弱みにつけ込んで、口止め料をせびっていた船頭の弥太郎も、存命ならば「恐喝《きょうかつ》」の罪で罰せられるところだが、さりとて、それを勝手に乙次郎が殺していいはずがない。

自らが「密通」という罪を犯したからこそ、こういう事態に陥った訳であり、なのに開き直って弥太郎を刺し殺し、その犯罪をうやむやにして、かつ自分が無事に逃げおおせるためだけに、船宿『越川』に火を放ったのである。

つまり乙次郎には、「密通」に「人殺し」に「放火《ひつけ》」と、そのうえにまだ「井筒屋の女房を殺そうとした罪」とが重なっているのだから、死罪にならないはずはないのだ。

「『しかるべく……』ということであれば、まあ、まずは死罪にてござろうが……」

進行役の寺社奉行がそう言うと、横手から勘定奉行の安藤弾正小弼が、軽く口を挟んできた。

「死罪にも、いささかあれこれございますが、如何《いか》ように？」

「『切腹』というのでは、さすがに甘うございますゆえ、やはり『斬首《ざんしゅ》』で、『獄門《ごくもん》』

にてございましょうな」

そう言ってきたのは、大目付の池田筑後守である。その意見にうなずいて、十左衛門も発言した。

「私も、それでよろしいものかと存じまする」

斬首とは文字の通りで、「打ち首」のこと。獄門というのは、いわゆる「晒《さら》し首」のことで、斬首の後にその首を、木材で簡易に作った獄門台の上に、三日二夜、晒されることとなっていた。

獄門首の横には『捨札《すてふだ》』と呼ばれる、その囚人が犯した罪を簡略に書き記した木の立て札も立てられるから、「なるほど……。こんな極悪非道をやると、首を斬られて晒されるのか……」という風に、世間への戒めにもなるのだ。

「うむ。では、笹原乙次郎については、決まりでようござるな」

寺社奉行の言葉に皆がそれぞれに同意を示すと、次にはちと面倒な、「笹原家当主、笹原一之進」に対しての処罰が議題となった。

「隠居した親でもなく、兄弟でもないというのが、判断に難しいところでございますな」

口火を切ってくれたのは、勘定奉行になって九年目の安藤弾正小弼である。

この安藤は『公事方《くじがた》』の勘定奉行といって、幕府財政のほうではなく、こうした裁判事や、幕府天領《てんりょう》に住む領民の管理監督のほうを、主立って引き受けている。

そうして領民や、吟味を受ける百姓たちなどと日頃から接点があるためか、物言いもやわらかくて、万事に穏やかな印象があった。

「罪を犯した本人が当主であれば、斬首・獄門のうえ、当然、御家も断絶ということに相成りましょうが……」

「はい」

と、十左衛門は幕臣の支配筋として、「安藤さま」に答えて言った。

「当主の罪は、その嫡男ら息子たちにも及びますゆえ、父《おや》の縁座《えんざ》で『島送り』となりますが、こたびは叔父がいたしたことであり、『密通』や『火付け』ということであれば、当主・一之進のあずかり知らぬところでございましょうから……」

「さようさな」

横手から、寺社奉行の土岐美濃守もうなずいてきた。

「なれば、どうだ？　自家の家人に対する『監督不行き届き』を責めるのみにいたして、『遠慮《えんりょ》』か、『慎《つつしみ》』か、もしくは『逼塞《ひっそく》』あたりで、よいのではござらぬかな？」

どれも皆、武家に対して行われる謹慎《きんしん》刑である。

屋敷の門戸を閉めきりにした上で、当主やその家族は屋内で謹慎し、いっさいの外出を禁じられるというもので、そうして謹慎することによって「己の過ちに向き合い、深く反省せよ」という意味合いを持っている。

三つのうちの『遠慮』が十日間、『慎』が三十日間、『逼塞』が五十日間と決まっており、こたびは三十日の『慎』程度が妥当なのではないかと、話は決まった。

「次なるは、町人の、『女』がほうの処罰だが……」

土岐美濃守は言いかけて、北町奉行・曲淵甲斐守のほうへと向き直った。

改めて考えてみれば、今日はこれまで曲淵甲斐守は、まだ一言も意見を口にしていないのである。

「町人がことについては、やはり甲斐守どのがよろしかろう。如何になさる？」

「南新堀町の小間物屋、『井筒屋』の妻女についてにござりまするが……」

すでにその話になっているというのに改めて言い直すその物言いが、何やらまるで奉行所の白洲での吟味のようで、正直、妙な具合であったが、今日の町方は抱えている懸案事項が大きすぎるため、甲斐守の様子が多少おかしくても、みな何も言わずに黙っている。

それにそもそも、この北町の曲淵甲斐守は、前職の『大坂町奉行』から、空席が出た「江戸の北町奉行」へと移ってきたのが、つい去年の八月のことで、今の職に就いてからまだ半年あまりしか経っていないのだから、こんな有事に「余裕を持て」というほうが無理というものだった。

そんな事情ゆえ、周囲も多少は気を遣い、甲斐守が自分で落ち着いて話し出すまで待ってやっていたのだが、先ほどの「あれ」に続けて言い出した二の句も、やはり少しく白洲の吟味のようだった。

「夫ある身で、笹原乙次郎と相通じ、幾度となく不貞をば相続けてございましたゆえ、昨今のご定法の通り、『奴《やっこ》』として吉原に下げ渡しにいたしましてはどうかと……」

曲淵甲斐守が口にした「奴」というのは、いわゆる「奴女郎《やっこじょろう》」のことである。罪人として吉原に送られるのであるから、衣食住には困らぬものの、いっさいの給与はなしで、生涯女郎として働かされることとなるのだ。

「まあ、それが妥当というものでござろうな……」

と、進行役の土岐美濃守が、話をまとめようとした時だった。

「ちと、よろしゅうございましょうか？」

横手から声を上げたのは、目付方の十左衛門である。

「ん？　何だな？」

「いえ、実は、密通がほうの話ではございませんで、船宿『越川』の火事についてのことなのでござりまするが……」

他ならぬ笹原乙次郎の放火で、越川に火の手が上がった時、店のなかには主人ら夫婦と、船頭の吾助に弥太郎、客としては笹原乙次郎と井筒屋の女房の二人がいたのだが、主人夫婦は、大身の旗本である笹原に忖度《そんたく》をして、本当は密会の客二人がいたことを町方にすら黙っていたのである。

そのせいで、何もしていない吾助が捕らえられ、牢屋敷に入れられてしまったことも聞き知っているというのに、それでも尚、笹原の密通を庇って、町方に嘘をついていたのである。

笹原の密会については本当に極秘扱いであったため、笹原が指名していた船頭の弥太郎と、主人夫婦以外は、二階に客がいたこと自体、誰も知らされていなかった。

それゆえ吾助も、ただただ「自分はやってない」としか、申し開きをすることができなかったという訳だった。

「幕府の調査《しらべ》に嘘をつくなど、言語道断にてござりまする。この越川の主人らの所業につきましては、やはり何らかの処罰なりを考えてしかるべきかと……」

「いや、まこと、さようにござるな」

寺社奉行の土岐美濃守も、大きくうなずいて言ってきた。

「主人らが、端《はな》から正直に話しておれば、まこと吾助ばかりが疑われずとも済んだやもしれぬぞ」

言いながら土岐美濃守の視線は、町方の曲淵甲斐守を捉えていて、つまりはここで、はっきりと「自分たち町方が、こたびの捜査を大きく見誤ったのは、越川の主人らが嘘をついていたからだ」と、口に出して欲しいのである。

だが一方、曲淵甲斐守のほうは、極度の緊張で勘が鈍《にぶ》っているものか、はたまた無類のお人好しであるものか、進行役の寺社奉行が投げかけてくれたせっかくの好機を、感じ取れずにいたようだった。

「越川の主人らにつきましては、なにせ店が焼け落ちてございまして、日々の生活費《たつき》を得るのにも困るほどにてございますゆえ、まさかに笹原乙次郎らを庇うておるとは思いませず……」

「…………？」

と、寺社奉行の美濃守は、口をへの字にして、首をひねった。

今の曲淵甲斐守の絶妙に的の外れた答えに、眉を寄せたり、首を傾げたりしているのは、土岐美濃守ばかりではない。

実際のところ曲淵甲斐守が、越川の主人らを庇ってやろうとしているのか、はたまた町方としてどう答えれば得策なのか焦るばかりに、かえって妙な具合になっているのか、十左衛門にも読めなかった。

だがどちらにしても、越川の主人夫婦が町方に本当のことを話していれば、吾助ばかりがあれほどに疑いを受けずに済んだはずなのだ。

たとえ今、越川の主人らが暮らしに困っていようとも、そのことと、嘘をついても許されるか否かは、別の話である。

「早晩《そうばん》、越川の主人たちには改めて事情を訊ねましたうえで、やはり何らのお咎めはあってしかるべきかと……」

十左衛門が繰り返すと、

「さよう」

と、今度はまたどうした訳か、曲淵甲斐守にもそのままに伝わったようだった。

「船宿『越川』の主人らについては、急ぎ吟味の場に呼び出して、どうした理由《わけ》で御《お》上《かみ》をたばかったものか、きつく糾弾いたしますゆえ……」

「…………」

最後まで聞き終えてみれば、やはりどうにも話は嚙み合わずに終わってしまった。

すると、これまでずっと黙って、評議の流れを見守っていた老中の松平右近将監が、遠くで一つ、いかにも「呆れている」という風な、派手なため息をついて言ってきた。

「船宿の主人らに、当然、咎《とが》めは必須《ひっす》だが、それよりは『吟味与力の責任《せき》』の件は、一体どうなっておるのだ？」

右近将監が言った「吟味与力の責任の件」というのは、こたびの一件を担当して、無実の吾助に幾度も牢問いを受けさせせるに至った、北町奉行所の吟味方与力・小手文左衛門に、「吟味下手」の責任を取らせるか否かということである。

吟味下手というのは字の通り、「吟味（取り調べ）が下手」ということで、本来ならば未決の囚人を前に取り調べをする際には、ある時は囚人の気持ちに寄り添って、囚人が自ら真実を言いたくなるよう仕向けたり、またある時は、囚人が心から恐れている物事が何なのかを読み取って、それを逆手に自白するよう脅したりなど、つまりは口頭の取り調べのみで、真実を自白させなければならないのだ。

だが、そうして上手く供述が取れずに、かえって囚人を頑なにさせて、今回の吾助のように無駄に責め苦を与えてしまうようでは、吟味与力としては力不足というものである。

むろん人間相手の吟味であるから、必ずいつも上手くいくとは限らないであろうが、今回は捜査初段で、越川の主人たちへの踏み込みの甘さから冤罪を作ってしまった訳だから、吟味与力の小手文左衛門に何らかの処罰はあってしかるべきであった。

「して、右近将監さま。結句《けつく》、いかがいたしましょうか？」

さっそく寺社奉行の美濃守が訊ねると、右近将監は顔をしかめた。

「儂《わし》に訊かずに、他者《ほか》に訊け。せっかく五つ首、揃っておるであろうが」

「ははっ」

叱られて首をすくめて、土岐美濃守は急いで皆を振り返った。

「どうだな？　どう思われる？」

「私は、『御役御免《おやくごめん》』が相当かと……」

言い出したのは、大目付の池田筑後守である。

「えっ、いや、それでは……」

曲淵甲斐守が、慌てて小さく反論した。してみると、この曲淵甲斐守も、本来は少しも「とんちんかん」な人物ではなく、こたびの北町奉行所の危機を少しでも軽減しようとして、話の答えをわざと外して妙ちきりんな風にしていたのかもしれなかった。

そんなことを思いながらも、十左衛門は処罰の案を出して、こう言った。

「吟味方は罷免《ひめん》にいたしまして、どこぞ閑職《かんしょく》の担当与力にでも、まわしたらいかがでございましょうか？」

「おう、それがよい」

と、横手から機嫌よく声をかけてきたのは、老中首座の右近将監である。

「吟味方の与力といえば、町方の職の花形であろう？　他へ移せば、降格となろうかな」

「はい。なれば、次には私に、こたびのお沙汰をくださりませ」

「沙汰だと？」

「はい……。こたびの一件《こと》で、牢問いの立ち会いについての報告が、いかに筆頭が私のもとに届かずにいるかが、明確《あきらか》となりましてござりまする。こたびもし尋常《じんじょう》に、私のもとまで報告が届いておれば、吾助に二度目以降の牢問いはさせずに済んだやもしれませぬ。どうかご裁断のほどを……」

「いえ！　なれば、拙者を！」

と、横手から重ねてきたのは、北町奉行の曲淵甲斐守であった。

「『お咎めを』と申されますなら、まずは町方の私にてござりまする。この吾助の一件も、小手文左衛門より報告は受けておりましたというのに、それをそのまま鵜呑みにいたしてしまいまして……」

「よし！　相判った」

甲斐守の言葉を押しとめると、右近将監は独断で即座に決めて、言い放った。

「そなたら二人、屹度《きっと》『遠慮』を申し付ける」

「え……？」

まさかいきなり謹慎の刑に処せられるとは思いもせずで、十左衛門が目を丸くしていると、そんな十左衛門の様子に満足したか、右近将監は口の片端を引き上げた。

「休みが無《の》うて、いつもあまりに忙しく動いておるゆえ、配下《した》が余計に気を遣《つこ》うて、『これはご報告をせずとも……』と、忖度をいたすのであろうよ。たまには休め」

「………」

右近将監の目は、どうも十左衛門《こちら》に焦点が合わされているようである。

とうとうはっきり、にんまりとしてきた「右近さま」に、十左衛門は、横に並んだ曲淵甲斐守とともに、改めて平伏をするのだった。

十二

「遠慮」という名の十日間の休みを取って、ようやく江戸城《しろ》の本丸の目付部屋へと戻ってくると、そんな「ご筆頭」の帰参を待ち構えていたらしく、目付の牧原佐久三郎と徒目付の寺里紀八郎の二人が顔を揃えてやってきた。

「もうすべて、済んだようにてございますよ」

いきなりそう言ってきたのは、牧原佐久三郎である。

あの五手掛の後、思いもかけない形で、急に翌日から登城できなくなってしまった十左衛門に代わって、こたびの案件の仔細をよく知るこの牧原が、担当目付となってくれていたのだ。

その十左衛門のいない十日の間に、笹原乙次郎の処刑と、井筒屋女房の吉原への「奴女郎」送りが執行され、加えて笹原一之進の三十日間の『慎』も始まったそうだった。

「囚獄の石出どのよりご連絡をいただきましたゆえ、その立ち会いにも寺里が麻田伝八とともに出向いてくれまして……」

と、牧原が、つと横にいる寺里紀八郎に向けてすまなそうな顔をしたのは、寺里や麻田に、乙次郎処刑の瞬間を見せることになってしまったからであろう。

実際のところ目付方は、幕臣の切腹などに立ち会うこともあり、ことに徒目付や小人目付は、牢屋敷内のさまざまな見分も務めたりするため、ある程度は見慣れてもいるのだが、牧原自身は長く右筆方を務めていたから、こうしたものにはまだ慣れてはいない。

まるで目付の自分の代わりに、配下の寺里や麻田が怖い仕事を引き受けてくれたような引け目を感じているのかもしれなかった。

すると、そんな「牧原さま」の気持ちを軽くしようとしているのであろう、横手から寺里紀八郎が、話題を変えて言い出した。

「吾助が船に、乗り始めたようにてござりまする」

「ほう……。いやそうか、また船頭をできるほどに、身体のほうも戻ったか……」

言いながら、ほっとして、十左衛門は自分でも思いがけず、目頭が熱くなっていた。

六十を過ぎている吾助があれほどの牢問いを受けて、それでも船頭の仕事に復帰できていたことが、自分自身も四十八になった十左衛門にとっては、何よりも嬉しく、有難い。

すると、そんな十左衛門の気持ちに寄り添ってくれるようにして、横で牧原佐久三郎が世間話のように言い出した。

「船頭は、揺れる船の上に立ちましても、いっさい何処《どこ》にも摑まる手すりもございませんし、やはり背中も足腰も、我らとは出来が違うのやもしれませぬな」

「うむ……。いや、まことにさようであろうな」

十左衛門も、大きくうなずいた。

「川の流れを読んで竿《さお》を差し、客との会話《はなし》なんぞにも、あれこれと気を遣《つこ》うておるのであろうに、自分の身体は揺らがぬのであろうからな」

「はい。ことに深川の船頭たちは、名人気質で腕の良いのが揃っておるそうにてございますし……」

川沿いには船宿や船頭は付き物なのだが、ことに大小の川が入り組む深川には、腕自慢の船頭が多いと、江戸のなかでは有名なのである。

「おう。だが紀八郎、吾助は何処で船頭をいたしておるのだ？　『越川』は焼けたうえ、主人夫婦も何ぞか沙汰を受けたであろうに……」

「はい」

と、寺里は、再び報告の体《てい》になった。

「越川は、主人ら夫婦に三十日の『手鎖《てぐさり》』の沙汰が出されたことも重なりまして、あのまま店を畳んだそうにございますのですが、吾助の新しい勤めの先や医者通いなどについては、北町の奉行所のほうで随分と細かくあれこれと、面倒を見ているようにてございまして……」

新しい勤務先の船宿は、越川からもさほどには遠くない佐賀町のなかにあるそうで、住まいの長屋からも近く、顔見知りの船頭や荷揚げ人足も多くいるから、これまでとほとんど変わらずに仕事ができているらしい。

「いや、北町が面倒を見ていたか……」

奉行の曲淵甲斐守は十左衛門と同様に、あの後すぐに謹慎の身となってしまったから、実際に細かく吾助の手助けをしているのは、与力の小手文左衛門や、吾助の一件を担当していた同心たちなのであろう。

そうして吾助を世話して動くことで、無実の者に牢問いを繰り返してしまった罪悪感や後悔から、少しでも逃げることができているのかもしれない。

望むべきは、この後悔が町方のなかに長く続いて、二度と再び安易な捜査《しらべ》に陥らぬよう、常に諸方に気を配ることであろうが、それは自分たち目付方にも突きつけられている問題であった。

自分をはじめとした目付方全体が、常に大小幾つもの案件を、ほぼ同時に抱えていて、そうなると否《いや》が応《おう》でも、派手な案件や大きな案件に気を取られがちになるため、日々の細かな報告や注意事項などは、後まわしにしてしまったり、軽んじて放置してしまったりしている。

実はそうした現状に、十左衛門は、まるで気づいていなかった訳ではない。前々から時おり何か小さなことで、「危なかった。これがなければ、もうすっかり忘れていたぞ」という風な、つまりは危うい綱渡りのごとき状態を改めて意識したことが、すでに幾度もあったのだ。

それでも日々、次々と新しい忙しさに駆られているものだから、「危ないぞ。このままでは、いつか必ず痛い目に遭う。改めて、あちらもこちらも、しかと見直さねばならんぞ」とそう思いながらも、結局は流してしまっていたのだ。

そのツケが、こたびこうして一等、良くない形となって表れてしまった訳で、十左衛門は十日もの長い間、自分の屋敷で謹慎しながら、ずっとそのことについて考え続けていた。

目付方の仕事はあまりに多岐にわたっているから、細かい改革のごときを始めるにしても、実際どこから手をつければよいものか、途方に暮れる感はある。

だが、こたびの吾助の一件のように、とにかく他者《ひと》に何かの問題が起こってしまうような事項《こと》だけは優先的に拾い上げて、改革していかなければならない。そうした改革は、地味で面倒で難しい仕事だが、その面倒さにしっかり向き合えるようになったのは、今、自分の身体に、元気がみなぎっているからかもしれなかった。

ご老中の「右近さま」がくださった『遠慮』という十日間の休みは、自分が思っていた以上に、四十八のこの身体を回復させてくれたのであろう。

そんなことをつらつらと考えて、十左衛門がしばし黙り込んでいると、前で寺里紀八郎が、また報告のように言い出した。

「吾助はどうも、嫁をもらったらしゅうござりまする」

「えっ？　それは私も聞いてはおらぬが……」

十左衛門より先に目を丸くしたのは、牧原佐久三郎である。

「して、その嫁というのは、何歳《いくつ》なのだ？」

めずらしく下世話な風の「牧原どの」の様子が愉しくて、十左衛門には「嫁」のほうは、さして気にならない。

だが牧原に答えて言った寺里紀八郎の話は、十左衛門の好みにも、ぴたりと合ったものだった。

「佐賀町に『つた屋』と申す飯屋がございまして、そこの女将が相手なのでございます。私も調査《しらべ》で人足をいたしておりました頃には、昼に晩にと、毎日通うておりましたのですが……」

あのあたりの船頭や荷揚げ人足たちが集まる飯屋で、人足に化けた寺里が、吾助と弥太郎の間柄について聞いたのも、その店の女将や客たちからであったが、五十半ばと見えた女将と、店の手伝いをしていた三十手前ぐらいの無口な女は、昔別れた吾助の妻と娘だったというのである。

「ほう……。なれば、『焼け木杭《ぼっくい》に火がついた』という訳か」

「はい。牢屋敷から戻された吾助を、女将が店の二階で面倒を見ていたそうにございまして」

「なるほどの……」

店の手伝いをしているという娘が、縒りを戻した両親《ふたおや》に、反対なのか賛成なのかは判らないが、傍《はた》から聞くかぎりでは、やはり嬉しい話である。

「つた屋の女将が吾助の元の女房でありましたことは、あのあたりの者たちも、まるで知らなかったそうにてございまして、皆ずいぶんと驚いたそうにてございました」

「ほう……」

訳ありの男女の匂いを微塵もさせず、長く「飯屋の女将」と「贔屓の客」として顔を合わせていたというのも、好ましいところである。

久しぶりに、ふっと、今は亡き愛妻「与野《よの》」の姿を思い出して、十左衛門はかすかに頬を緩ませるのだった。

時代小説
二見時代小説文庫

書院番組頭《しょいんばんくみがしら》 本丸《ほんまる》 目付部屋《めつけべや》 14

二〇二四年 一月 二十 日 初版発行

著者 藤木《ふじき》 桂《かつら》

発行所 株式会社 二見書房
〒一〇一-八四〇五
東京都千代田区神田三崎町二-一八-一一
電話 〇三-三五一五-二三一一［営業］
〇三-三五一五-二三一三［編集］
振替 〇〇一七〇-四-二六三九

印刷 株式会社 堀内印刷所
製本 株式会社 村上製本所

落丁・乱丁本はお取り替えいたします。定価は、カバーに表示してあります。

ISBN978-4-576-23148-8
https://www.futami.co.jp/